GOBOOKS & SITAK GROUP©

GOBOOKS
& SITAK
GROUP©

三日月書版

三日月書版

雪翼
illust.
綠川明
土地神的
指導守則
JIGAMI SAMA
NO
SHIDOU RUU
1
輕世代
FW251
三日月書版

目錄

宮奈奈
活潑強勢的女孩，
十七歲，意外成為了
土地神的代理人。
土地神的
指導守則

曜日

外貌約十五歲，性格懶散，自尊心強，常常和奈奈鬥嘴。
雖然是活了數百年的土地神，但和外表一樣像個小孩子。

土地神的
指導守則

序章

從古至今，關於妖魔鬼怪的傳說眾說紛紜，有人堅稱自己看過「另一個世界」的居民，也有人親眼目睹了不可思議的事件，與之相關的流言層出不窮。

甚至，世界各處紛紛出現不同的都市傳說，倒底是捏造居多，還是真有其根據，也就不得而知了。不過，另一個世界的住民確實存在，它們就生活在現世之中，享用世界賦予的一切。雖然對現世住民來說，它們無疑是異類，是令人打從心底畏懼的存在，然而在幾千年前，凡人卻能與妖魔鬼怪和平共存。

相生相依，相絕相滅。

天地人三界，缺少任何一方都無法存在。從始至終，世界便是依循這法則運轉，生生不息。

只是三界的平衡已被徹底打亂。

時值今日，來到了高樓大廈林立、所到之處皆是機械科技的二十一世紀。現代人早已喪失了「真實之眼」，如果他們肯稍微留意四周，搞不好會看到停在肩頭、或是在腳邊玩耍的那些無害小妖。又或者，如果能駐足仰望蔚藍天空，說不定會因此發現坐在高樓大廈頂樓的一名少年。

少年居高臨下地坐在邊緣，看起來岌岌可危，態度卻從容不迫，完全無視足足五十層樓的高度。

「現代人活在安逸的世界中，結果卻導致什麼都看不見嗎？真可悲。」

少年身上的裝束近似日式和服，寬大的袖子包覆住纖細的手腕，紅色的腰帶繫在腰間，都是極好的質料，但款式有點老舊，彷彿是從古書上走出來的人物。

只見他晃著白皙的雙腿，靜靜注視著下方有如辛勤工蟻般忙碌的人群。似乎覺得相當有趣，少年嘴角一勾，臉上現出玩味的神情。

而後，少年起身，強勁的風吹得寬大的袖子不斷翻動，少年卻依舊毫無畏懼之意，縱身躍入半空，緊接著身影便融入空氣，消失無蹤。

少年也是「另一個世界」的居民，不過他既非妖也非鬼，而是傲視這兩界的存在，凡人則尊稱為——神。

第一則

土地神總是在出奇不意的地方現身

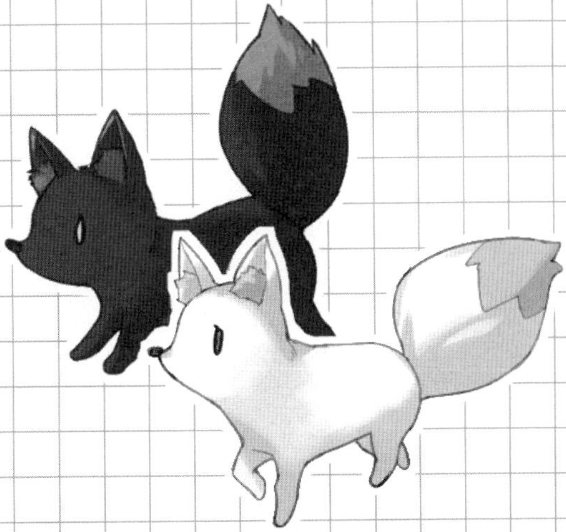

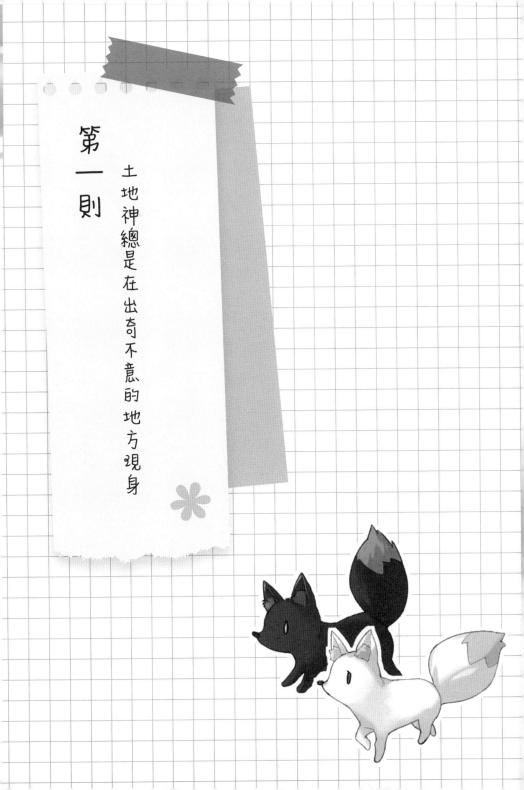

一大清早，宮奈奈還沒踏進教室，就聽見她的好友兼死黨——柳顏樂發出興奮的歡呼聲。不知道是沒人在乎或早已習慣這樣的場景，總之班上的其他同學都非常鎮定，睡覺的睡覺，聊天的聊天，就跟平時一樣愜意。

這對二年A班來說是每週都會上演一次的場面，久而久之，大家早就見怪不怪、習以為常了。

不過，這對宮奈奈的意義完全不同。在聽到那聲歡呼的瞬間，她硬生生收回準備踏進教室的腳，還差點因此拐到。但她才不在乎，先到外面避避風頭，等到鐘響再進教室，如果這樣就可以避免許多不必要的事情，拐到腳什麼的似乎也不那麼令人在意了。

正當她下定決心撤退時，柳顏樂已經眼明手更快地一把扯住了奈奈的書包。

「奈奈，早啊，不進教室妳要去哪裡呢？」甜美的嗓音配上甜美的臉蛋，柳顏樂賞心悅目的臉突然放大數倍湊近奈奈眼前，逼得宮奈奈只得忽視在那雙水靈靈大眼中一閃而過的光芒。

「沒什麼啦！」既然被逮到就只好認命，宮奈奈苦著一張臉跟在柳顏樂後頭走進教室，像名即將步入刑場的囚犯。

還沒坐到位置上，柳顏樂就像隻活潑可愛的小白兔般蹦蹦跳跳地湊過來，笑得一臉燦爛，讓宮奈奈想忽視都不行。

雖然心裡大概有底了，宮奈奈還是依照慣例地問了一句：「樂，妳怎麼啦？」

「吶吶，奈奈妳看這個！」發出像小孩子般可愛又無意義的語助詞之後，柳顏樂不等宮奈奈回答便唰地攤開了藏在身後的小書，獻寶般舉在宮奈奈眼前。

「太近了啦，我什麼都看不清楚……」

「喔喔，好，那這樣可以嗎？」柳顏樂把幾乎貼到奈奈臉上的書拿遠了些。

「好多了。星座運勢？」雖然看清楚了，但是奈奈完全不明白柳顏樂想表達什麼。

「這本書上說，我這週的運勢超好，幾乎都是吉耶！戀愛運也不錯，要不要我幫奈奈查一查啊！」樂樂興奮得雙眼放光。

「不用了啦！而且也不一定準。」宮奈奈一臉淡漠地拉開椅子坐下，完全不受好友的喜悅感染。她本來就不是會盲目相信這一類事情的女生，什麼命運、神、鬼她通通不信。真要信什麼的話，奈奈只相信事在人為，人才是主宰一切的生物。

就拿學校來說，哪個學生不怕老師？而老師上面還有主任，主任上面又有校長，依此類推就能得出一個結論——這是個弱肉強食的世界。

雖然不公平，但這很正常，如果真有神的話，就拜託行行好顯靈一下，解救眾生吧！

反觀，柳顏樂跟自己的好友卻是天差地遠的性格。雖然她是校花，照理來說應該不乏追求者，在剛入學時，也確實追求者眾多，但時間一久，男同學都被她的「特殊」興趣給嚇跑了。

柳顏樂熱衷命理占卜，星相、紫微斗數也略有涉獵。如果只是興趣也就罷了，但是她已經到達狂熱的程度，實在令宮奈奈吃不消。可是誰叫她是她的好友呢，有時候只能捨命陪君子陪她瘋一下，前提是主意不要打到她的身上來。

「好嘛，讓我幫妳算一下啦～」柳顏樂使出她的撒嬌功夫，這招一出必定迷倒眾多男學生，至於女學生則一片死傷慘重，哀號遍野！

「那，好吧。」宮奈奈再度舉白旗投降，這是這個月的第幾次了呢？

得到應允之後，柳顏樂立即興奮地回到自己的座位上，也就是奈奈正後方的位置。想想看，坐得這麼近，她能拒絕她的任何要求嗎？

柳顏樂拿出她的壓箱寶——塔羅牌，順著扇形攤在桌面上。奈奈將椅子拉近好看得更清楚一點，不用等樂樂的下一個指令，就熟練地從攤開的牌中隨機抽出三張牌遞給樂樂。

接過之後，柳顏樂全神貫注地盯著手中的牌面許久，像在確認什麼似的，來來回回又重複看了好幾遍，眉頭緊鎖，而後才終於吁了一口氣。

宮奈奈觀察著樂樂臉上的細微表情，自己也跟著緊張了起來，大氣都不敢喘一下。

「奈奈選的三張牌都很不錯喔！妳在本週會遇見一位宿命之人，而且奈奈的命運會跟他緊緊糾纏在一起。這說的會不會是學長啊？」

「什麼學長啊！」奈奈裝傻道，臉一下就紅透了，像隻煮熟的蝦子。

「奈奈，妳明明知道我在說誰，不是嗎？」柳顏樂掩嘴輕笑。她不是在取笑好友的戀情，她絕對比任何人都更希望奈奈的戀情開花結果，只是偶爾還是忍不住拿來打趣一下。

可惜奈奈只是單相思，而且感情還沒萌芽可能就要因為如此這般的複雜原因無疾而終了。

誰叫學長的等級太高了嘛！

安鳳夜學長是學校的風雲人物，不只在三年級間很受歡迎，連師長也都交口稱讚。這股學長魅力更征服了一、二年級，甚至有人填選這所學校就只為了目睹學長的風采，哪怕只有擦身而過也覺得此生無憾了。隨著學長升上三年級，畢業歌即將響起，女生的瘋狂更是有增無減，誰都想趁學長離開學校之前跟他搭上幾句話。

美男誰不愛？特別是這種介於成熟男人和青春少年之間的美青年，沒有學妹不拜倒在他優雅的姿態與迷人的笑容之下。就連柳顏樂這個迷死一票男同學的校花也承認自己曾經對他動心過，由此可見學長的殺傷力。

學長還有個為人津津樂道的「三好」稱號，家世好、功課好、人品好，堪稱極品中的極品，難得一見的天菜，理想男人的典範。前面細數了這麼多學長的優點，但還有一點沒有提到，那就是在校的三年期間，從來沒人見過他對其他女生表態。所以宮奈奈自認自己應該還是有那麼一丁點機會的，只是機會實在非常渺茫。

「哇！是安鳳夜學長耶！」此時，不知道是誰驚呼了一聲，成功吸引了全部人的注意力。

三年級的安鳳夜學長不知何故竟然出現在二年級的走廊上，周圍頓時圍著一群麻雀般嘰嘰喳喳的女學生。眾人都對學長的到來驚訝不已，宮奈奈一時之間突然萌生出學長是來找自己的錯覺，但冷靜下來之後，就意識到這是完全不可能的事情，比明天就是世界末日更不可能。

由於奈奈太過羞澀，加上不善於表達自己的心意，所以入學至今根本不曾跟學長搭上一句話，搞不好學長也不知道她的存在。

難道她的初戀就要這樣無疾而終了嗎？

看著學長停在二A的教室門口，宮奈奈的心不禁漏跳一拍，痴痴地看著帥氣的學長左顧右盼，不知道在找什麼人。

女生們都接近瘋狂地發出高分貝的尖叫聲，引頸期盼地想看學長是來找哪一位幸運女孩。

「請問哪位是白伶同學？」

「我是。」白伶甩著一頭漂亮的波浪長髮，驕傲且得意地扭著身子走上前，享受著四方投射過來的忌妒視線。

「竟然是白伶那個女人！」柳顏樂咬牙切齒，為好友報不平。

白伶在班上也是數一數二的標緻美人，但她的美只適用於異性。與樂樂人見人愛的性格不同，白伶那任性跋扈的千金大小姐個性，讓她在同性當中非常不受歡迎，到哪裡都是一個人行動。即使如此，白伶還是很受男生歡迎，這點讓其他女生更加不喜歡她。

白伶是個矯揉造作的女生，做任何事情都帶著目的，只要是她看上的目標，就沒有到不了手的獵物。

沒想到這次白伶的目標竟然是學長。

「白伶學妹，這是妳掉在我們教室門口的書，下次記得小心點喔。」

「哎？真的耶！都怪我太粗心了！」白伶裝出一副驚喜的樣子從學長手中接過書，「我找了好久都找不到，真的很感謝學長！」語畢還猛送幾記秋波。

「用不著客氣！咦？白伶學妹，妳的眼睛一直眨會不會是發炎了？放學後去看一下醫生比較好喔。」學長笑著提醒。

白伶暗嘖了一聲，忽略其他人看好戲的視線，一心想扳回局面。「唉呀，學長這麼關心人家，我好感動喔！不如等一下我請學長喝飲料以示感謝！」說完順勢勾住學長的手臂。

此舉立刻引來其他女生的一片噓聲抗議，但白伶毫不在乎。

「可是，等一下我還有事。」

「沒關係啦，就占用一下學長的時間嘛～」

「學妹，真的不太方便啦。」

「拜託嘛～」

拗不過白伶連番的撒嬌攻勢，學長終於點頭答應了。「那好吧。」

看著白伶勾著學長的手臂歡喜走遠的身影，柳顏樂氣得頭上都冒煙了。其他女生見沒戲可看也紛紛散去，還給二A一片清靜。

「吼，白伶那個八婆！一定是她故意把書掉到學長的教室門口的！」柳顏樂憤慨地說，越想越覺得事情就是這樣。

「但是，她是怎麼算準了學長一定會撿到呢？也有可能被別人撿走啊。」宮奈百思不得其解。

「不知道，也許是巧合吧？」雖然柳顏樂自己也不怎麼相信巧合這個說法，但眼下就只能這樣解釋了。

「連神都在幫助她嗎？看來我真的是無望了。」宮奈奈哭喪著一張臉。

「老天才不會那麼沒眼光咧！而且奈奈妳不是不信神嗎？這樣就認輸也太不像妳了吧！」柳顏樂努力想讓好友恢復成平常那種開朗又少根經的模樣。

「可是……」

「別可是啦，要振作、振作！」朝氣的語調配上樂樂那張粉嫩的蘋果臉，再壞的心情都會瞬間一掃而空。

「沒錯，我才不要輸給她呢！」宮奈奈雙手握拳激勵自己。

「對，就是這樣！今天放學之後我們一起去逛街，管她什麼白伶，都拋到一邊去吧！」柳顏樂提議。

「樂樂……」宮奈奈十分感動，暗自決定要好好珍惜這段友誼。

「好友可不是當假的！」柳顏樂一拍胸鋪，一副兩肋插刀在所不惜的樣子。

「嗯！」宮奈奈終於破涕為笑，一生中能有多少這樣的知心好友呢？只怕是可遇不可求。

街上很熱鬧，尤其這條街又深受年輕學子歡迎，正逢放學時間，各間新潮美味的店家擠滿了飢腸轆轆的學生。

彷彿感染到了這種愉快的氣氛，宮奈奈的壞心情掃除了一大半，這條街還沒走到一半，她的手中已多了各式各樣的中西式點心。

「樂樂，妳不吃嗎？」宮奈奈嘴裡塞滿食物含糊不清地說道，吃得雙頰鼓起，心滿意足。

看到自己的好友如此不顧形象地大吃特吃，柳顏樂嚇得食欲全消，手中的飲料差點滑落。「我說妳啊，幸好學長不在，不然他看到妳這個樣子——」柳顏樂說著就嘆了一口氣。

「怎樣？」緊抓著食物，宮奈奈傻傻地反問。

「沒事。」柳顏樂笑著搖了搖頭。這樣的宮奈奈也未必不好啊，起碼比起那些做作的女孩真實得多。「只是妳再這樣吃下去的話可能會變成豬喔，到時候學長哪還敢要妳？」

「豬……？」宮奈奈不可置信地重複一遍，然後看著手中的高熱量食物愣了一下，在吃了會變成豬、不吃又會暴殄天物的兩種抉擇間天人交戰。

一邊是天使一邊是小惡魔，宮奈奈遲遲下不了決定。

「呵呵！」看著這樣的奈奈，柳顏樂低聲笑了起來，也不知是被什麼戳中了笑點，笑到眼角帶淚。

宮奈奈困惑地看著自己的好友突然笑得如此開懷，也傻傻地跟著笑了。

秋葉沙沙作響，宮奈奈感到些許涼意。最後她還是臣服於內心的欲望，將食物一口氣解決了。反正等到真變成豬時再來擔心吧！

宮奈奈正想叫上樂樂一起回家，這才發現樂樂在不遠處抬頭看著某樣東西。

「奈奈，妳看這個！」柳顏樂在奈奈小跑步追上來時，把方才一直專注盯著的小東西拎到奈奈的眼前。

那是一個人形玩偶的吊飾。

「這是什麼？」

「剛剛從那邊撿到的，很可愛吧！」柳顏樂指向路邊某處潮濕陰暗的角落。

「這有可能是別人掉的，放回去吧！不然送到警察局也可以。」宮奈奈直覺地認為亂撿路邊的東西不好，就各種層面上來說。

「不要，反正這種小東西拿到警察局去，也不會有人真的來認領吧。」今天的柳顏樂很反常。

「可是……」宮奈奈還想再說些什麼，但柳顏樂已經走遠了，也不管還在後頭的奈奈。

那天，奈奈還是頭一次一個人回家，她感到有些寂寞，也有些忐忑不安。

隔天一早宮奈奈進教室時，樂樂的座位上只有書包，卻不見人影。正當她感到困惑時，身後傳來了熟悉的笑聲。

柳顏樂和白伶拿著早餐有說有笑地走進教室，顯然兩人剛才一起去了福利社。

樂樂竟然沒找她就自己先去了？

這就算了，更讓奈奈驚訝的是，她們的交情有那麼好嗎？柳顏樂和白伶一直水火不融，這件事班上眾所皆知，怎麼今天突然就破冰了？

當然少一個敵人多一個朋友總是不錯，可是昨天樂樂還那麼不齒白伶的行為，今天卻有說有笑的，這樣的轉變會不會太快了啊！

「樂樂，妳去買早餐沒等我喔？」每天一起買早餐已經變成她們的例行公事之一，所以奈奈試探地詢問。

沒想到樂樂只是冷冷地回了一句：「沒必要每次都一起去吧。」

「樂樂……」宮奈奈還想再多說什麼，柳顏樂卻已經轉過頭去跟白伶聊天，徹底把她當成空氣。

宮奈奈很委屈，完全不知道自己究竟做錯了什麼。接下來幾堂課也是，每當奈奈想趁機搭話，樂樂不是無視她，就是與旁邊的同學聊得熱絡，讓奈奈完全插不上半句話，即使插上話了樂樂也充耳不聞。看在其他同學的眼裡，還以為她們吵架了。

如果真是吵架就算了，問題是奈奈也不知道樂樂為什麼在一夜之間變得如此冷淡，害她很受傷。想找出其中的緣由，也要樂樂肯理她才行啊。

下堂課更慘，老師要大家分成兩人一組報告，以往柳顏樂都會找奈奈一起搭檔，今天樂樂卻找了她平常從沒說過話的女生同組。無奈之餘，奈奈也只好隨便找一位同學準備報告。結果那堂課她都一副心事重重的模樣，也沒心思討論報告的細節，白白浪費掉一節課。

到了午休，奈奈也是一個人在座位上默默吃午餐。午餐再怎麼可口，吃在嘴裡都如同嚼蠟，半點食欲也沒有。

終於，她按捺不住性子，決定找樂樂出來問個明白。

「樂樂，妳今天到底怎麼了，為什麼對我這麼冷淡？我做錯了什麼嗎？」

「有嗎？我對每個同學都是這樣啊，沒什麼特別的。」以往藏著取之不盡的活力的靈活大眼，如今卻覆蓋了一層薄霧，黯淡無光。

「可是，難道我們不是朋友嗎？」宮奈奈努力擠出一絲笑容，表情卻比笑還難看。

「朋友？」柳顏樂似乎覺得有點好笑，嗤之以鼻地說：「我想，我們的交情並沒有妳以為的那麼要好吧。」

「我還以為我們……」奈奈說不下去了。

「沒其他事的話，我就先進教室了！」也不等奈奈回話，柳顏樂逕自轉頭離去。

宮奈奈被獨自留在走廊上，愣在原地久久無法回神。

這所學校的大部分學生都是從初中直升高中，所以對彼此並不陌生。但宮奈奈不同，她是從外縣市進來這所學校就讀，幾乎每個人對她而言都是陌生面孔。

面對陌生的環境以及同樣陌生的人，宮奈奈不管到哪裡都覺得格格不入，孤獨感始終圍繞著她，也讓她很難交到知心好友。

她還記得那一天，柳顏樂突然跑來找她搭話，態度就像和老友相處般自然。奈奈很驚訝，不明白長得那麼漂亮的人怎麼會主動找她聊天，但是自此之後，她們就自然而然地成為了朋友，理所當然地一起行動、一起做任何事。

奈奈也曾幻想過，這份友誼說不定會持續到高中畢業，然後是大學，甚至是步入社會。

誰想得到，才高二就出現了裂痕……

鐘聲響起，喚醒宮奈奈一片空白的腦袋，強迫她面對殘酷的現實。她只得拖著腳步走進教室，一臉無精打采。

下午的課，宮奈奈也都一副心事重重的模樣，時不時嘆口氣，老師在課堂上講解的內容被她的大腦自動排除。

等宮奈奈意識到時，已經到了放學時間。

柳顏樂早就在放學鐘響的那一刻收好書包離開了。

宮奈奈獨自走在傍晚的街道上，熙熙攘攘的人群擦肩而過，沒有人正眼看她。宮奈奈此時覺得自己被整個社會排斥了，失去好友的陪伴，似乎一切都變了調。

她走在平時走的小路上，然而不知不覺間，身旁竟然連一個路人都沒有了。再加上路燈年久失修的黯淡光線，如果有變態或是連續殺人魔出現也不奇怪，因為電影都是那樣演的嘛。宮奈奈把自己幻想成恐怖片的女主角，開始神經兮兮地四處察看。就在此時，確實有東西出現了。

是一隻貓。

「啊，原來是小貓咪。」宮奈奈驚訝地眨眨眼，看著眼前毛茸茸的小東西，忍不住伸手撫摸牠柔軟的毛皮。小貓咪輕柔地喵了一聲，然後靈巧地跳開，往另一個方向竄去。

也不知道是出自什麼原因，宮奈奈下意識地追在貓咪後頭，想看看牠會帶她去哪裡。

搞不好會來到貓咪的國度，跟這裡的世界不同，沒有爭吵也沒有令人感到難過的事情。宮奈奈天真地想。

但才一眨眼，貓咪就不見蹤影了。宮奈奈查看四周，發現這裡是一條自己從來沒走過的小路，而且不只如此，看起來也完全沒有人煙，說有多荒涼就有多荒涼。

附近什麼住戶都沒有，只有一座殘破的小廟。

這座土地廟看起來很久都沒有人打掃過，梁柱之間結了一張又一張的蜘蛛網，儼然成了蜘蛛棲息地，門檻也積了厚厚的一層灰。

大概是基於人一遇上不順遂的事情就會想跟神明傾訴的心態，在做了幾次心理建設之後，宮奈奈終於鼓起勇氣踏進廟裡，雙手合十，虔誠地祈禱。

「拜託、拜託！土地公，若是您老人家有聽到我說的話，請讓我跟樂樂合好吧！」她很用力、很用力地在心中反覆唸了不下十次，彷彿這樣她的願望就會實現。

「這點芝麻小事也要跟神祈禱，現在的人是不是都吃飽撐著沒事幹啊？」冷不防地響起一道清冷的少年嗓音，宮奈奈嚇了好大一跳，當下還以為是土地神顯靈說話了。穩定心神後才發現聲音是來自神像後面的小房間，她尋路走了過去。

「喂，偷聽別人說話很好玩嗎！」

宮奈奈兩手扠腰站在門口，不滿地質問。

少年愣住了，看著來勢洶洶的宮奈奈，臉上的表情驚恐，活像看到鬼，好半晌說不出話來。「妳……」他不可置信地瞪大雙眼，連講話都結結巴巴。

「我怎樣，你說啊！」奈奈凶巴巴地回話。

「妳居然看得到我?!」少年錯愕地指著自己的鼻子，冒出一句意義不明的話。

雖然宮奈奈預期了少年的各種反應，但是這句話完全出乎意料，讓她不知該如何反應。接著宮奈奈才驚覺自己被耍了，氣得鼓起雙頰。

「廢話，你又不是鬼，我當然看得見你！」

可能是察覺自己的失態，少年收回驚訝的目光，轉而在小房間的床鋪上舒服地側躺，好整以暇地看著宮奈奈。

「那如果我說我不是人呢。」喬好舒適的姿勢之後，少年緩緩開口。

「我雖然不聰明，但也不是笨蛋好嗎，看不起人也該有個限度！」宮奈奈才不會那麼輕易地被唬住。

「妳相信神的存在嗎？」少年突然問道。

接觸到少年清澈的眼神，奈奈動搖了一下，接著才挺起胸膛大聲回答。

「不，我不相信神的存在。」

「那妳還來這座小廟幹嘛？」少年很不解。

「我雖然不相信，但如果真的有神，我希望祂能讓我跟好友和好！」宮奈奈也不知道自己為什麼對一個初相識的人說那麼多，可能是因為少年身上擁有一種特別的氣質，和一股獨特的香味吧。

光是聞著聞著，就能讓人徹底放鬆。

「呵！」少年輕笑，「神可沒有事事都管，一切必有因果，時候未到，凡人不會知道緣由。」少年說得十分玄妙。

少年正沉浸在說出了大道理的自得其樂之中，豈知一抬頭就對上了兩道嚴厲的視線，嚇得從床上坐起。

「看你大概比我小個幾歲，那麼晚在這裡做什麼，蹺家嗎？」

宮奈奈有一對年紀小很多的弟妹，所以作為大姐，看到小鬼頭總是會想訓誡一下。

「我才沒有蹺家好嗎！更何況這裡本來就是我家啊！」

少年的話還沒說完，就被宮奈奈扯著手臂往門外走去。

「欸欸，妳想幹嘛！」

「那還用說，當然是到警察局去啊！你的爸媽現在搞不好很著急呢！」

情急之下，少年趕緊討救兵。

「白狐、黑狐！」

話音未落，門外就竄進了兩抹小小的身影，一左一右地架住宮奈奈，認真的神情彷彿是兩名聽令的小小士兵。

「主人，吾等來遲了！」

右邊的是身披黑色毛皮的黑髮小孩。

「主人，還有什麼吩咐嗎！」左邊的則是跟黑髮小孩幾乎像同個模子刻出來的金髮小孩，除了身上披著的一黑一白毛皮之外，兩人乍看之下毫無分別。

看在奈奈的眼中，她對曜日的誤會更深了。

「你學壞就算了！竟然還拖著兩個這麼可愛的小弟弟下水，小心遭天譴！」宮奈奈忍不住蹲下身抱住兩個可愛的男孩不斷磨蹭。

「妳這個女人，論年紀我可是比妳大好幾輪，論輩分的話，妳叫我聲爺爺都不為過。我可是神，土地神啊！這樣妳明白了嗎！」少年像是要聲明立場，大聲地強調好幾遍。

「喂，是警察局嗎？這裡有個神志不清的人請派人過來帶走，地址是——」

少年一把搶走奈奈的手機，但到手了之後又不知道怎麼關掉，只好一臉悻悻然地遞還給宮奈奈。

「這個東西怎麼關掉？」

宮奈奈接過手機之後露出得意的笑。「騙你的啦！我根本就沒有撥出去！」

「妳！」曜日氣結。

「不過，我真的很意外，現在竟然還有人不會用手機，果真是什麼樣的人都有呢。」宮奈奈忍不住咋舌。

「少囉嗦！身為神，就算不用那種東西也無所謂！」少年一甩寬大的袖袍，負氣地背過身。

的確，仔細看少年身上的裝束，活像是從電視劇裡走出來的古人。但宮奈奈可不會這麼輕易地受騙，有些人不是喜歡玩角色扮演嗎？

所以，一定是那個 Cosplay 啦！

「你口口聲聲說你是神，總得要有證據吧？」

「什麼？」少年回過身，看著笑可掬的宮奈奈。「如果妳要證據的話，我剛才不就證明了嗎？」

「剛才？」什麼時候？她怎麼沒發現？

「神可以傾聽人的心聲，剛才妳的祈禱，我一字不漏地聽見了。」

「剛才的不算！搞不好是我祈禱時不小心說溜嘴了！」

「唉，妳這個瘋女人。」少年一副頭大的樣子，正想再說些什麼維護自己的清白，卻被奈奈一個手勢擋住。

「現在幾點了？」

「剛過七點整喔。」黑狐代替少年回答。從剛才到現在，他們就只是默默站在一旁，似乎覺得兩人的互動有些有趣。

「七點?!」宮奈奈發出一聲慘叫，太晚回去的話，鐵定會被罵到臭頭！也不管這麼多了，她急匆匆地轉身，但才踏出一步就把腳收回。「今天就先放過你，你叫什麼名字？」

「曜日。」少年倒是老實地回答了。

「我叫宮奈奈！」說完這句話之後，宮奈奈才真正轉身離去。不知為何，步伐比來之前還要輕盈許多，大概是遇到個令她終生難忘的有趣對象吧。

「真是個奇怪的人。」望著宮奈奈的背影，曜日表情認真地下了評語。

「主人沒資格講別人喔。」白狐扯了扯曜日的袖子。

「沒資格！」黑狐在一旁附和。

「你們到底是站在哪一邊的啊！」曜日沒好氣地回道。

但白狐沒回答曜日，倒是提出其他疑問。「剛剛那個女孩身上，有股奇怪的氣。」

「嗯，我也有注意到，暫時先靜觀其變吧。」曜日對身旁的兩人下達了命令。

「是。」

第二則

土地神也算是一種服務業

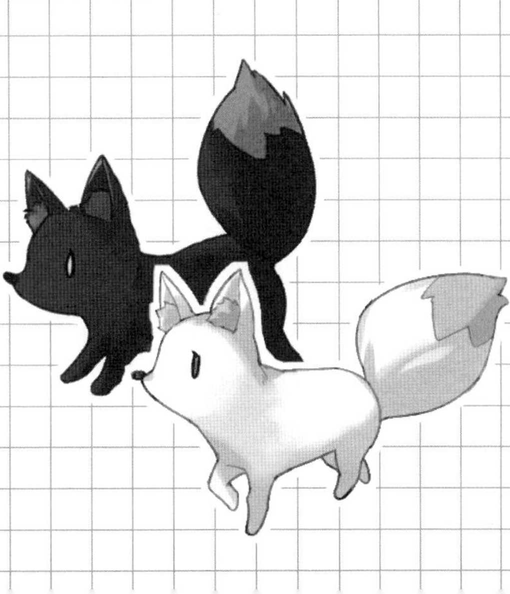

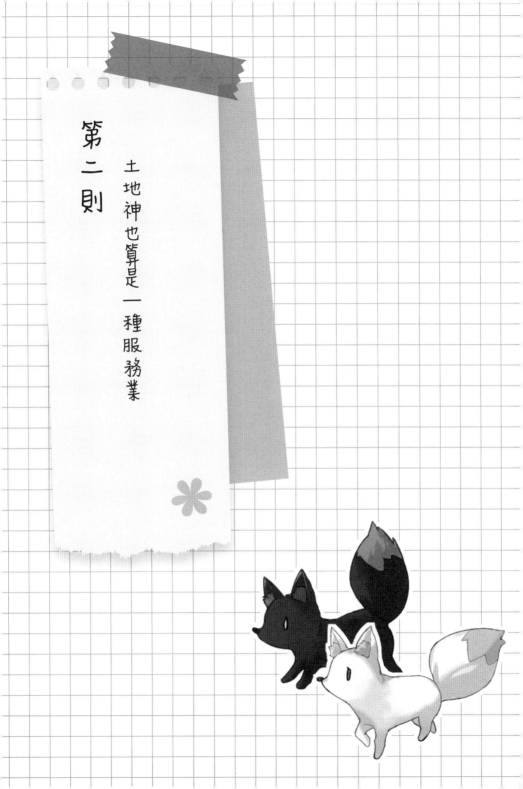

今天宮奈奈一大清早就出門了。平時的她總是盡可能地在溫暖的被窩裡多待一會兒，但今天她想在上學之前先去其他地方，所以一早就興沖沖地出門了。

到了廟裡，宮奈奈左顧右盼，卻遍尋不著曜日和白狐、黑狐的身影，虧自己還帶了早餐過來。

該不會是昨天被自己罵跑了吧？

不、不會的！依曜日那種小屁孩的性格，即使被人罵了，大概也不會放在心上，搞不好還是罵他的人會受到很大的挫折呢！

「妳在找什麼東西嗎？」

一聽見熟悉的嗓音，宮奈奈立即轉過頭，果然就看見了曜日慵懶地倚在柱子上，身旁還站著白狐和黑狐，像兩尊小小的門神般護衛在曜日左右。

「我還以為你離開了。」奈奈低下頭，才不至於讓曜日瞧見她因為剛才的窘態而泛起的紅潮。

「離開？」曜日哭笑不得地重複這兩個字，「我不是說過了嗎，這裡是我家，我還能去哪？」

「把破廟當家，你以為你是流浪漢嗎？不考慮換個地方住？」

「妳有聽說過土地神住高級公寓的嗎！」這個女人怎麼就是講不聽！

「是是！」宮奈奈很明顯是隨口敷衍，「我帶了早餐，來吃吧！」她將早餐放在廟門口的石桌上。

對奈奈來說，曜日就是個典型的重度中二病患者。她也不是不能理解這個年紀的男生啦，像她學校就有些男生自以為有超能力，或自以為是拯救世界的英雄，整日沉浸在幻想中，完全不顧旁人的眼光。

她早就見怪不怪了。

「妳終於相信我了？」曜日有點激動，雖然他確實不像一般世人為土地神所塑造出來的形象，不過他可是貨真價實的土地神，一直被誤會的感覺很差。

這叫有辱神格啊！

「如果你真的是土地神的話，那我豈不是王母娘娘！」宮奈奈開玩笑道，想讓氣氛輕鬆一些。

沒想到，曜日卻一臉認真地說：「絕對不可能。」

「為什麼？」

「因為妳根本就沒有娘娘漂亮！」王母娘娘可是天上難得一見的大美人，不只脾氣好、氣質佳，還擁有一票死忠的粉絲應援團，由各路神仙所組成。

再看看宮奈奈，要身材沒身材，至於臉蛋嘛——勉勉強強還算可以，脾氣卻糟糕到不行，當然不可能與完美無瑕的王母娘娘相提並論。

「你說什麼！」宮奈奈大受打擊，把早餐一一收回袋中。「虧我還好心帶早餐來給你們吃。」

「主人！」白狐和黑狐一齊轉頭，以責難的目光譴責曜日。跟在這個小神身旁，一天還不一定有一餐呢，要怪就怪當初他們跟錯主人了。

「好啦，我知道了。」曜日自知理虧，乖乖低頭認錯。

「宮奈奈大小姐，我沒說妳長得醜啊。仔細一看，妳長得滿可愛的。」

「真的？」奈奈一臉懷疑地看向笑得陽光燦爛的曜日。

「當然是真的，神不能說謊，所以我說的句句屬實！」曜日笑得一臉諂媚，眼底閃過一絲算計的光芒。

「好吧。」宮奈奈雖將信將疑，但手已經將早餐再次放回桌上。

白狐和黑狐看著曜日徵求他的允許。

只見曜日點點頭，輕輕說了聲：「吃吧。」兩個小正太才放膽伸手拿桌上的三明治。不知道是沒嘗過三明治，還是許久沒吃過飯，兩人都很賣力地吃著，一口接一口津津有味。

宮奈奈看在眼底，突然萌生出一種想法。他們感覺起來完全不像兄弟，要說的話，反倒是主僕關係比較貼切。

某集團公子攜二小僕深夜離家，夜宿土地廟。

如週刊報導的斗大標題躍入宮奈奈的腦袋，她不禁搖頭嘆息。這世界到底怎麼了，完全無法理解。

「話又說回來，妳還是不相信我是神嗎？」曜日突然打斷宮奈奈的思緒，口氣帶點質問的意味。

「我不是說過了嗎，要證據——」

「好，要證據，那我就給妳！」

不等宮奈奈說完，曜日一把抓住她纖細的手腕，一個箭步欺身上前，將自己的額頭與宮奈奈相貼，彷彿戀人般的親密舉動。

她整個人傻住了。曜日的臉龐瞬間放大數倍貼近自己，如此近的距離，可以看清他纖長的睫毛、深邃的五官以及完美的唇形。

不對，自己到底在胡思亂想些什麼啊?!

宮奈奈想掙脫曜日的箝制，但後者卻抓得很牢。雖然力道不小，曜日卻盡量不弄痛她，在大刺刺的外表下竟然出奇得溫柔。

就這樣，他們望著彼此的臉，足足看了有數分鐘之久。

最後，曜日終於放開了奈奈。手一恢復自由，她便立即跳開保持安全距離，臉紅得像熟透的蘋果，內心也小鹿亂撞不停，久久無法平息下來。

「妳臉紅個什麼勁啊?!」

這個罪魁禍首竟然還有臉這樣問，也不想想是誰造成的！

「你才是呢，突然靠那麼近，到底想做什麼！」宮奈奈一手撫著滾燙的臉頰，有點不知所措。

「我只不過是想透過接觸妳，得知妳過去一整個星期都發生過什麼事情。果然不出我所料，我得到了相當有趣的情報。」曜日忍不住笑意。

「什麼情報你說來聽聽？」

「妳前天是不是吃了三個肉包、兩片披薩、三個漢堡外加兩杯豆漿?真看不出妳還挺能吃的，哈。」曜日得意地揚起一抹笑，而宮奈奈竟然該死的覺得有點迷人。

「這哪算什麼情報啊！」宮奈奈氣得跳腳。

「我還知道妳最近跟好友吵架，而且是在妳朋友撿了那個來路不明的吊飾之後才發生的。」曜日決定不再捉弄宮奈奈，迅速進入正題。

聽到曜日的話，宮奈奈愣了一下。「你怎麼知道？」

她很確信樂樂撿起吊飾時，周圍一個人影都沒有，那他又是如何得知的呢？

「先不論我怎麼知道的，那個吊飾應該就是妳朋友最近變得古怪的原因。」

看到曜日一臉專注，絲毫沒有開玩笑的意思，宮奈奈一時答不上話來。

「我想，她應該會把那吊飾帶在身邊。」見宮奈奈沒有說話的意願，曜日很快地繼續說下去。「總之，妳把吊飾帶過來，自然就會知道我是不是土地神了。」

瞧曜日說得十足有把握的樣子，宮奈奈決定暫且相信他一次。所以她抱著忐忑不安的心情去了學校。

一到教室，樂樂果然連正眼都沒瞧她一眼。經過這兩天的連番打擊，宮奈奈今天反而不再耿耿於懷，因為她有更重要的任務等著執行。

鐘聲鈴響，上課的時間往往是最難熬的。第一節又是國文課，聽著國文老師特有的緩慢語調逐步講解著古文，全班都有點昏昏欲睡，腦袋不時垂下，甚至有人真的睡著了，到夢鄉向周公討教一下難解的文言文。

宮奈奈偏著頭，一雙大眼不時瞥向後座的柳顏樂，想看清她到底把吊飾放在哪裡。無奈的是眼睛都快變成斜視，脖子也快扭到，還是什麼都沒有發現。畢竟從她的位置觀察實在不方便，這下也只能等下課再想辦法了。

一等下課鈴響起，大家彷彿又活了過來，上課時的睡意一掃而空。有人伸伸懶腰，有人迫不急待地與好友三兩成群地聊天，樂樂也與其他人到福利社採購去了。

現在就是最佳的時機。

宮奈奈見機不可失，先是假裝筆滾到了樂樂的桌下，為了撿筆她也只好彎下腰。趁這個時機，她迅速地查看了書包和抽屜各處，但依舊一無所獲。奈奈不死心地重頭找起，這次花的時間更長也更加專注，以至於沒聽到從身後傳來的腳步聲。

「妳在幹嘛啊？」

宮奈奈看到熟悉的鞋子出現在視野範圍內就知道大事不妙了。

抬頭果然看見了柳顏樂冷若冰霜的臉蛋。

「沒事，我只是要撿筆。」宮奈奈迅速撿起筆坐回自己的位置，心跳得很快，像做壞事被抓包的小孩。

但柳顏樂沒有多說什麼。

剛才照面的那匆匆一瞥，宮奈奈發現那個可愛的人型吊飾就在樂樂的腰間晃動。

原來她把它繫在腰上了，難怪怎麼找就是找不到。

天助奈奈也，下節課剛好是體育課，不管男生女生都必須換上體育服。也就是說柳顏樂無論如何都會換下原本的制服，到那時她就趁機，嘿嘿——

思及此，奈奈雀躍不已，彷彿即將完成什麼豐功偉業。

女生們陸續到更衣室換衣服，宮奈奈刻意緩慢地褪去衣服，東摸摸西碰碰。也不知道是不是她太會摸了，沒過多久其他人都走光了，更衣室內頓時只剩下她一個人。連樂樂也不知在何時已經把東西放好出去了，不過這樣正好。

還有幾分鐘的時間，宮奈奈必須把握得來不易的機會。她趕緊穿好體育服走到柳顏樂的置物櫃前。宮奈奈左顧右盼，深怕會被人撞見，到時萬一鬧上訓導處就不好了。

確定無人經過之後，宮奈奈才小心翼翼地打開櫃子，伸手進去摸索一番，果然指間碰觸到一塊疑似吊飾的凸起物，但是不知道被什麼東西給勾住了，拿不出來。

墊起腳尖，再用點力，吊飾依然不動如山。

懊惱的宮奈奈將頭也一起塞進櫃子，想看清楚到底是什麼東西勾住了吊飾，沒注意到從後方靠近的人影。

「我覺得妳有必要好好解釋清楚。」

一隻手搭上宮奈奈的肩，將石化的奈奈轉過來面對自己。

「樂樂，那個，我、我——」我了半天，奈奈還是腦袋一片空白。

柳顏樂雙手扠腰，盛氣凌人地站在宮奈奈的面前。

「那個……」宮奈奈一時語塞。

總不能正大光明地說自己是來偷吊飾的吧？但是找錯置物櫃這種說法又太牽強了，所以宮奈奈想了半天，還是沒能掰出一個合理的解釋。

出乎意料，柳顏樂倒是很乾脆地不追究了。「算了，不過下次再這樣我可饒不了妳唷！」樂樂笑著說。

「嗯嗯，一定！」在那瞬間，宮奈奈以為從前的柳顏樂又回來了。

「等等體育課好像是上躲避球喔。」樂樂意有所指地說道。

「嗯，好像是耶。」

當時，宮奈奈還沒意會柳顏樂那副笑容的涵義，等發現時已經來不及了。

宮奈奈一放學便馬不停蹄地直奔土地廟，還沒踏進門就先破口大罵：「都是臭曜日你害的啦！要不是你我的臉會變這樣嗎！嗚嗚！痛死我了！」

「到底是誰打擾我睡覺的啊！」曜日一邊打呵欠，一邊懶散地從裡面的小房間踱步而出，嘴邊還殘留著口水的痕跡。

一見到站在神壇前的宮奈奈，他頓時愣住，不太確定地開口：「妳是誰？我們認識嗎，我不記有結識過豬界的朋友。」

「你說誰是豬啊！是我啦！只是臉腫了一點就認不出來了嗎？」宮奈奈撫著腫大的臉頰，口齒不清地說。

她現在講話必須輕聲細語，才能稍微減輕痛楚，換做平常的話，她早就回嗆曜日了。

今日情況不同，所以必須忍耐……忍耐……

「喔，是妳啊。」曜日佯裝恍然大悟的樣子，「才一會兒不見，妳就把自己整成豬樣，原來豬在你們凡人的世界是整形的範本啊，我明白了！」曜日一本正經地戲弄宮奈奈。

「還在說什麼風涼話，要不是你，我會變成這樣嗎？」宮奈奈欲哭無淚地控訴曜日。

「因為我？此話怎講？」曜日一臉不解，想不透他跟奈奈變成豬頭這件事情有何關聯。

「還不是因為——」宮奈奈頭一偏，開始回憶起下午發生的事。

也就是幾個小時前，在學校的更衣室裡。

她沒拿到吊飾還被抓包就算了，接下來才是重頭戲。體育課玩躲避球時，柳顏樂聯合其他女生死命地砸她，而且球球瞄準臉部。場上其他人都出局了，只剩下她一個人，想當然耳便成了眾矢之的。體育課結束後，她的臉也就腫成豬頭了。

不過，經過這次的事件，宮奈奈反而倒確定了一件事，那就是現在的柳顏樂絕對不是她熟識的那個樂樂。在她的眼中，奈奈看到了不同尋常的淡漠。

感覺對什麼事情都不在乎……冰冷疏離……

真正的樂樂還會回來嗎？這個長得像樂樂的女生又是誰？

啊！快要搞糊塗了！

相比宮奈奈的苦惱，曜日顯得愉快許多，笑得腰桿都直不起來。完全不打算憐香惜玉，在半空中打滾了好幾圈才停下來。

見到這種超越太陽馬戲團等級的戲法，宮奈奈瞪大雙眼，半晌說不出話來，最後才勉強動了動嘴巴。「你浮在半空中耶。」

「是啊，這有什麼好大驚小怪的，因為我是神啊！」曜日一副老神在在的樣子，彷彿每個人都應該知道他是神。

沉默了很久，宮奈奈才爆出一聲驚叫：「有鬼啊！」她剛剛居然在光天化日之下撞鬼了！

接著就要衝出去，卻被曜日搶先一步擋在門口。

現在進退兩難，宮奈奈嚇得淚都快飆出來了。「你……你到底想怎樣？」

曜日細聲安撫。「別怕，如果我真的是鬼的話，那在廟裡豈不是自投羅網。」

嗯，這麼說好像也有幾分道理。奈奈偏了偏頭，謹慎地說：「所以，你真的是神？」

「是啊，如假包換。我不是說過好幾遍了嗎？」曜日落回地面，這個小舉動頓時讓宮奈奈安心不少。

「主人確實是神喔。」

「土地神唷！」

白狐和黑狐這兩個小正太不知何時出現在曜日的身旁，極有默契地一前一後附和曜日，加強他話裡的真實性。

「那白狐他們應該也不是人吧？」宮奈奈以全新的目光重新審視這兩個小蘿蔔頭，彷彿今天是第一次見面。

「他們兩個是我的使神，原形是狐狸，讓他們化成人形只是方便替我辦事。」

宮奈奈覺得現在就算出現外星人也沒什麼好驚訝的，畢竟此刻她碰到的狀況絕非「古怪」二字所能形容。

「所以你真的是土地神囉？」宮奈奈最後一次確認道。

「沒錯，世上有成千上百位土地神，而我是負責這塊區域的土地神。不過現在還有個更重要的問題，首先呢——」

曜日的話被宮奈奈打斷。「這麼說，我不就是跟神明做朋友了嗎！」

雖然與樂樂吵架令人心煩，但眼前發生的事情足以令她一掃先前的陰霾。跟神當朋友可謂是前無古人、後無來者啊！如果她跑去申報金氏世界紀錄的話，肯定就算過了幾百年都不會有人打破！

思及此，宮奈奈興奮得不顧形像地吃吃笑了起來。

「這女的是怎樣？因為驚嚇過度，所以腦子壞掉了嗎？」三人你看我、我看你，沒人敢上前與宮奈奈搭話，完全把她當成了神經病。

不知道想到了什麼，宮奈奈的臉色突然又變得凝重起來。「所以你說的是真的囉，那個吊飾的事情？」

「雖然我還不知道確切的原因，但十之八九與那吊飾脫不了關係。」

「怎麼這樣……」宮奈奈不知該做何反應，「那樂樂會死嗎？」這是她最不願看到的情況。

「不！」曜日倒是迅速否定了這個想法，「事情還沒那麼嚴重，今天被妳這麼一鬧，她多多少少也有點警覺了。我指的是那個寄宿在吊飾身上的亡靈。」

「那我應該怎麼做？」宮奈奈無助地問道。

「明天把她帶過來吧，或許廟裡的正氣會把邪氣沖淡一些。」曜日如此建議道。

「不行啦！絕對行不通的！」宮奈奈連連擺手，光是想起樂樂當時的眼神，她就渾身發冷直打哆嗦。

「那我也沒辦法囉！」曜日誇張地搖頭嘆氣，眼看又打算回去睡回籠覺，這次換奈奈用肉身擋在門口不讓曜日離開。

「神明也算是一種服務業！要服務大眾的不是嗎？」宮奈奈理直氣壯地說。

「服務業起碼有錢賺，我這個土地神可是兩手空空，妳看！」

曜日張開雙臂，展示這間土地廟。規模小就不用說了，桌上都積了厚厚的一層灰，功德箱也空空如也，一副冷冷清清的悲慘樣子。

也不知道宮奈奈的大腦是怎麼運作的，她以為曜日只是想討香油錢，在身上摸索了一陣子之後，才終於找到一枚銅板，然後小心翼翼地放到曜日的掌心。

「來，給你！這是香油錢！」

「五十元？我就只值五十元！」曜日不敢置信地瞪大雙眼，死命盯著硬幣，好半晌說不出話來。

「沒辦法啊，我身上就只有這麼多。」宮奈奈難為情地笑了笑。

「這不是錢的問題！妳難道還不明白嗎？」曜日把錢扔回去，宮奈奈趕緊接住。

「不然是什麼問題？」宮奈奈傻傻地反問。

但曜日難得地沉默不語。

這回由黑狐代答。

「神的力量是由信眾的多寡來決定，越是香火鼎盛的廟宇，主神的力量就會越強大。換句話說，這座廟已經有許久無人來祈禱上香，還是在前幾日才好不容易等到第一位信眾上門呢。」

「那個第一位信眾不會指的就是我吧？」宮奈奈指向自己。

「是的。」白狐接口說，「近幾年來，主人的神力衰退得很快，現在只能勉強使出一些簡單的法術。」

「對不起……我實在不知道……」宮奈奈難過地垂下雙目，眼底映著淚光。

「不用道歉啦！反正我也不在意。」曜日不自在地轉動脖子，他最怕女人哭了，特別是在他面前。

「我實在不該把你誤認成蹺家的中二病少年！」

「我覺得道歉的重點不是這個！」曜日差點被口水嗆到。

「既然如此，除了你之外附近還有其他土地神嗎？」那她去找別的土地神總行了吧？

她就不信沒有其他的應變方法！

曜日一眼就看穿了她的想法。「他們光是自己區的業務就跑不完了，哪還會鳥妳？」一臉「妳死心吧」的欠揍表情。

沒想到這個土地神的性格這麼惡劣，她總算看清了他的真面目！宮奈奈憤恨地想。

曜日話鋒一轉。「要我幫忙也不是不可能啦，但凡事總得要付出對等的代價，這個道理妳不會不知道吧。」

「你想說什麼……」

「妳必須答應我一個條件！」

「一個條件？」宮奈奈愣愣地重複。

完了，她有種不好的預感。

違法的事情她可不幹啊！

「妳要當我的代理人，在任期結束之前不能擅離職守，必須打理好廟裡的一切。」

「我拒絕！」宮奈奈連思考的時間都省了，一口拒絕。

「隨便妳啊。」曜日隨意地坐在桌上，動作帶著幾分孩子氣。「但是妳朋友的安危就看妳的選擇了，如何，答應或是拒絕？」

「你卑鄙！」宮奈奈咬著下唇，不甘地說道。

當初這座小廟也曾經香火鼎盛，但那都是過去的事情了。隨著時光流逝，可能是因為這種安逸的日子過久了，曜日也日漸懶散了起來，不再傾聽信眾的心聲，等回過神來時，信眾已經流失掉了一大半。

無法保祐民眾的神祇，自然不會有人惦記，曜日就這麼被世人遺忘。有好一段時日，他的身旁就只有白狐和黑狐陪伴。

好不容易捱過了漫長的孤獨歲月，他也終於想通了，不再糾結此事。至今會落得這樣的下場是他一手造成的，他也從不埋怨或怨恨過誰，現在的他只想為自己著想。

他在這個位置上也待太久了，是時候該換人坐坐看了！等宮奈奈答應接下代理人的職位，他就要立即完成他籌劃許久的計畫。

那就是——遊山玩水！

按捺不住興奮的情緒，曜日的嘴角忍不住上揚，但還是刻意佯裝不耐，催促道：「決定好了嗎，神的時間可是很寶貴的。」

雖然宮奈奈看不出整日虛度光陰的曜日知不知道時間就是金錢的觀念，但還是給了他一個答覆。

「好吧，我答應你就是了！那我現在要怎麼做？」當個代理人應該不會太難吧？

曜日的奸計得逞，差點笑出聲來，但他只是從桌上跳下。「妳現在只要站著不動就可以了。」

「站著？像這樣？」聞言，宮奈奈立即一動也不動地站著，看著曜日朝自己走來。

曜日一把抓住宮奈奈的手，將手翻轉過來露出白皙的皮膚。此舉又惹得奈奈臉紅心跳，但這次她沒有再出聲抗議，只是好奇地瞅著曜日，看他又想耍什麼花招。

「好癢、好癢！」宮奈奈不安地扭動。

「別動，很快就好了！」

曜日蜻蜓點水般在她的手背上比劃，圖案一成形就深深地烙印在宮奈奈的肌膚上。雖然烙印的過程看起來很恐怖，奈奈卻沒有感受到任何痛楚。

「這是什麼？不會留下疤痕吧！」愛美是女孩子的天性，她當然不希望自己身上留下難以抹滅的痕跡。

「這是神紋，放心，一般人看不見這個圖案。」在奈奈接著開口詢問之前，曜日就先解釋道。

「這也就是妳身為代理人的證據。有了這個之後，妳不但可以傾聽信眾的心聲，也可以與我共享法術，幫助更多人，甚至連我們的想法都能互通……」曜日說得起勁，沒注意到奈奈的臉色大變。

糟糕了！曜日暗罵自己不該如此大意。

果然——

「什麼！你把廟裡的職務通通丟給我，就只是為了要出去玩嗎！」透過連結接收到曜日隱藏的小心思，宮奈奈咬牙切齒地一手攀上正想逃跑的曜日的肩膀，嚇得他不敢動彈。

「妳、妳誤會了啦！」曜日拚了命地想解釋，但奈奈不給機會。

「沒有什麼好說的！」宮奈奈以迅雷不及掩耳的速度抄起放在一旁的掃帚，眼看就要揮下去了。

曜日當然趕緊轉身逃命，但是不管他怎麼跑，宮奈奈就是死命地緊跟在後，像隻盯緊獵物不放的獵犬。

「主人真的很蠢，蠢到無藥可救。」

「那我們還要跟著他嗎？」

想到未來的前景堪憂，白狐和黑狐就忍不住長嘆了一口氣。雖然跟在曜日身旁是個不智的決定，但當初會選擇跟在曜日身旁的自己也一樣無可救藥啊！

今天是假日，宮奈奈當然沒忘了今天不用去學校上課。當時鐘指向九點，陽光從窗戶照射進來的時候，宮奈奈依然賴在床上，雙腿還很不淑女地夾著捲成長柱狀的棉被，正沉浸在美景、美食、還有美男子圍繞的夢鄉之中，一邊發出嘿嘿嘿的花痴笑聲。

少女情懷總是詩，而宮奈奈已經可以譜出一篇《長恨歌》了。

此時，通往二樓奈奈房間的樓梯上響起了快速又雜亂的腳步聲。

房門砰一聲被人用力推開，兩個小小的人影粗魯地跳到床上，試圖喚醒宮奈奈，你一句、我一句地對奈奈進行精神轟炸。

「姐姐，代理人是什麼意思？」還在念小三的弟弟問。

「姐姐要當神仙了嗎？」讀小一的妹妹接著問。

乍聽之下，這些童言童語只會讓大人覺得小孩子的想像力太豐富了，然後覺得小孩子好可愛、好天真。不過這兩句話讓宮奈奈暫時先跟美男子 Say Goodbye，不情不願地睜開雙眼。

當她看到兩張異常認真的小臉蛋時，宮奈奈十分無力，非常想再度沉入夢鄉，最好一睡不起。因為剛剛的那兩句問題，她完全不知道該從何說起。

「這些東西你們是從哪聽來的？」

「兩個帥氣的大哥哥說的！」兩個小孩對視一眼，異口同聲地說。

帥氣的大哥哥？宮奈奈第一個想到的就是曜日，但他只能算是「一」個人，不不，應該說是一尊神。而白狐和黑狐雖然是雙胞胎，卻跟帥氣完全扯不上邊，只能算是可愛吧？

宮奈奈半信半疑，也不顧身上還穿著卡通睡衣就將窗戶打開，探頭往外一瞧。

門口果然站著兩位看起來十分陌生的少年，雖然從二樓看不到容貌，但是從路人的回頭率幾乎是百分之百這點來看，弟妹所言不假。

不過宮奈奈很確信自己並不認識那兩個人。

不會是什麼詐騙集團吧？可是詐騙集團應該不知道代理神仙一事，那到底是……

「姐姐。」小弟扯了扯奈奈的衣袖，「剛才那兩位大哥哥還給了我跟妹妹一人一支棒棒糖耶，妳看！」小弟獻寶似地展示手中五彩繽紛的糖果。

「不是說不能吃陌生人給的糖果嗎！」宮奈奈像個小大人般訓斥道。

「因為大哥哥長得很帥氣，所以沒問題！」小妹已經開始吃起棒棒糖了。

「這跟長相沒關係吧！」到底是誰教他們這種觀念的?!「就算長得很帥氣，邪惡的人還是很邪惡！聽懂沒？」宮奈奈對弟妹束手無策，天真無邪雖然是他們的優點，同時也是一大缺點！

「哦！」弟妹傻傻地回應，也不知道有沒有聽進去。

宮奈奈一手撫額，現在到底是什麼狀況啊？

「老爸跟老媽呢？」這種時候有大人在會安心不少。

「去登山了。」小弟回答。

這對夫妻也同樣是這個家的頭痛人物，瘋狂熱愛戶外活動，通常一到假日就不見人影，比如說現在。

所以弟妹的三餐幾乎都是由宮奈奈一手張羅，偏偏她的手藝實在不怎麼樣，所以幾乎都是在外面解決。

「總之，下次不能跟陌生人說話！」

本來期許會聽到一句「好」或「我知道了」，但小弟小妹只是互望一眼，然後極有默契地齊聲大喊：「才不要！」

有默契也不是這樣用的啊！

接著，兩人飛速繞過宮奈奈，呵呵笑著跑下樓梯。

「不要在樓梯上奔跑！」

宮奈奈頓時變成不時得擔心小朋友安危的幼兒園老師，一路從樓梯上追下去。

兩個小蘿蔔頭蹦蹦跳跳地把大門打開。

「您就是——」站在門口的其中一名少年見門被打開，話都還沒說完，就看見宮奈奈氣沖沖地衝過來。

「你們不要再鬧了！」

可能是沒預料到大門會突然打開，奈奈想剎車卻來不及，三個人就這麼在門口摔成一團。

「好痛！」宮奈奈摸著頭哀號。

「您沒事吧，宮奈奈大人！」一名少年將宮奈奈扶起，隨後畢恭畢敬地退後一步與另一名少年並肩站著。

「大……人？」這種充滿歷史感的稱謂，宮奈奈竟然有幸在現代聽到，令她一時不知該做何反應。

「我們是奉大人之命，特來此接宮奈奈大人前往寒舍一敘。」顯然是負責說話的少年拱著手說道，除了身上明顯是現代的服飾，整體給人的感覺儼然是從片場逃出來的演員。

不會是整人節目吧？宮奈奈下意識地尋找隱藏攝影機或舉著牌子的工作人員，可是遍尋不著。

「我想，我應該不認識你吧？」雖然認識美少年一直以來是奈奈畢生的夢想，但畢竟是夢，所以她從不認為會有實現的一天。

「我是雙笙。」彷彿認為這樣就足以解釋他的來頭，雙笙有禮地說。

「我是連笙。」另一名少年緊接著開口。

喔喔，原來是這樣——可是我還是不知道你是誰啊！宮奈奈默默在心裡吐槽，對兩人的好奇有增無減。

相比雙笙的和善，連笙就顯得沉默許多，給人寡言的印象。除此之外，兩名少年都長得異常好看，為這個寧靜的社區增添不一樣的氣氛。

即使他們報上了名字，宮奈奈還是一點印象都沒有。

「好，雙笙跟連笙是嗎，你們口中的大人是誰？」曜日嗎？不，應該不可能。為了趕緊釐清狀況，宮奈奈決定主動出擊，自己問比較快。

「總之，請跟我們來就對了。」雙笙並沒有正面回答奈奈的疑問，而是與連笙朝外走開了一步，露出身後久候多時的馬車。

真的是馬車！宮奈奈感覺自己像誤入古裝劇的現代人。

兩匹白馬躁動不安地踢動雙蹄，重重地噴息，迫不及待想上路奔馳。

「馬車?!」這已經超乎常人的理解範圍了。

開始有人群駐足圍觀。不管怎麼說，兩名翩翩美美少年再加上一個穿凱蒂貓，頂著鳥窩頭的女孩，這種奇怪又新鮮的組合任誰都會想多看一眼，更何況路邊還停了一輛馬車呢。

人群聚集在馬車上的眼光比停留在他們身上的時間還長，彷彿那是什麼稀世珍寶。

這也難怪，現在人看到馬車的機會實在不多……

有人開始忍不住讚嘆：「看看那色澤，一定是純手工的！」

「線條和弧度也都很棒！」

「聽那沉穩的聲音，就知道馬達也不賴。」

馬達？弧度？

與其說是在描述一輛馬車的外觀，倒不如說是——

宮奈奈把一個「我需要解答」的眼神丟向雙笙。

「怕引人注目，我們在馬車的外觀上施加了一層法術。」難得地，這次是由連笙回答。「我們不太了解凡人的車輛種類，所以隨便在雜誌上選了一輛車。除非是知情人士，不然在其他人的眼中這只不過是一輛極為普通的車。」

從這些人的反應來看，應該是極不普通吧。

原本想要低調一些，結果適得其反，反而引起眾人注目嗎……

到底選的是哪類型的車啊？

眼看人群有增多的趨勢，如果想得到解答，也只能自己去一探究竟了。

「那好吧！」於是宮奈奈只能硬著頭皮答應，順便補充一句：「等我一下，我換件衣服！」總不能穿著睡衣出去丟人現眼吧！

大門一關上，宮奈奈就三步並作兩步地衝回二樓，簡單地盥洗之後，挑了件不至於會太丟人的T恤和褲子換上。她反覆看著鏡中的自己，覺得還可以見人之後才走回樓下。

宮奈奈回到大門前。「走吧！」她向兩名少年示意，但是雙笙和連笙都沒有動，連笙舉起一指輕輕指向她的背後。

宮奈奈好奇地轉身，發現小弟和小妹都用極為渴望的眼神看著她。

慘了！宮奈奈瞬間臉上降下三條黑線，她差點忘記這兩個小蘿蔔頭的存在。所以宮奈奈僵了僵，轉回來不好意思地問：「可以帶他們兩個去嗎，我不能留他們獨自在家。」

雙笙聳了聳肩表示沒意見，連笙則輕輕點了點頭，說了聲：「沒問題！」

不知道是不是宮奈奈的錯覺，向來板著一張帥臉不用的連笙，在看向小弟小妹時表情竟然和緩了許多，難不成他喜歡小孩子？

得知了這個驚人發現的宮奈奈，忍不住又朝連笙瞥了幾眼，暗自覺得好笑。

連笙抬頭，恰巧對上了宮奈奈的視線，後者趕緊轉移視線。連笙默默轉身，邁步走向馬車，坐上駕駛座。

於是一行人浩浩蕩蕩地在眾人「欣羨」的目光下朝馬車前進。

雙笙理所當然地坐到駕駛座旁邊，等全部人坐穩之後，馬車就出發了。

不知道在其他人的眼中這輛馬車是什麼形象，能大家驚嘆連連的應該是夢幻逸品吧。

「小武，過來！」宮奈奈揮手示意小弟坐近，「你覺得這輛車子怎麼樣？」

「很大、很漂亮喔！」小武認真地回答。

「喔，還有呢？」

「很長！」小武張開雙臂，盡力想表現出車子的長度。

很長的車？是加長型禮車嗎？

早知道就換上洋裝，起碼在眾人的目光中自己會像個千金大小姐，好滿足一下自己那少到可憐的虛榮心。

馬車在熱鬧繁華的市區中穿梭，兩匹馬發出嘶鳴，輕快地跑著。行人彷彿都聽而不聞，繼續朝著各自的方向前進。偶爾有幾個年輕人朝他們瞥去幾眼，只怕也是被馬車的假象所吸引。

馬車很快地脫離了人聲鼎沸的市區，來到一處較為安靜的住宅區。

接著，馬車毫無預警地在一處豪宅前停下。

「到了，宮奈奈大人請下車。」雙笙跳下車，繞到宮奈奈的那一側助她下車，展現十足的紳士風範。

如果曜日也能懂得什麼叫憐香惜玉就好了……

宮奈奈不禁感嘆。

「這是哪裡？曜日呢？」

「曜日大人？」雙笙不解地偏頭，「我們家大人不曾邀請曜日大人。」

等等。

「你們家大人不是曜日嗎？」現在到底是什麼情況，快來人告訴她啊！

「我們家大人是掌管西區的土地神。」雙笙笑著替奈奈解惑。

喔，原來是這樣啊。

就說誰知道你們家大人是誰啊！

「等等，那這麼說，這間豪宅該不會是土地廟吧？」

超大、超氣派的！不只門前有兩尊石獅站崗，規模更是曜日那間小廟的十倍大！不，是百倍大啊！甚至連神像都有虔誠的信眾用金箔加身，功德箱更是滿出來的狀態。

突然，宮奈奈感慨地替曜日掬了兩把同情淚。

人比人會氣死人，就連神明也都在互相較勁嗎。

此時，一如往常在某處混水摸魚的曜日沒來由地背脊一陣陰涼。他望了望天際，以為又是其他神仙在說他壞話，但蒼穹一片平靜無波，什麼事情都沒有，於是曜日又繼續混水摸魚下去了。

「奈奈大人，請往這邊走。」雙笙已經在前頭等著她了。

宮奈奈這時才發現小弟小妹沒跟著下車，正想催促他們，卻聽到小弟撒嬌似地說：「姐姐，我們還想坐車。」

「還坐？如果耽誤到——」

「沒關係。」連笙溫和地打斷奈奈，「我就再帶他們到附近繞繞，之後會平安地送他們回家，請不用擔心。」

我並不是在擔心這個——

連笙重新坐穩，一抖轡繩，馬兒又再度踏著蹄子前行，兩匹白馬互相配合，有節奏地跑了起來。

唉，算了。

宮奈奈跟著雙笙進入別院，一路上好奇地東張西望，眼睛都捨不得眨一下，深怕會錯過什麼新鮮有趣的事物。

雙笙說，別院一般不開放給閒雜人等進入，因為這裡的土地神喜歡清幽的環境，還特別在別院裡種植了花花草草，打造一座小水池，過著凡人無法想像的愜意生活。

「到了，就是這裡，請進。」

他們停在一間古色古香的廂房前，雙笙說他不便進入後便先行告退，放宮奈奈一人自生自滅。

喂喂！也太不負責任了吧！至少要告訴我你們家大人是誰啊？

雙笙一走，宮奈奈像是失去了依靠，不知道該如何是好，躊躇著該不該進去。門後突然傳來一道男聲。「妳不進來嗎？」

「是、是！」宮奈奈也不知道自己為什麼要立正，只知道四肢因為太過緊張而變得僵硬，走起路來像企鵝般左搖右擺。

可能因為曜日給她的感覺實在不像神仙，所以才能與他輕鬆自在地對話。

而今日所要面對的，可是一位「真正」的神仙呢！

戰戰兢兢地推開門之後，宮奈奈發現房間內空無一人，剛剛叫喚她的人並不在房內。

奈奈仔細檢查房中的每一處，裡裡外外翻了一遍，還是不見人影。

「什麼啊，原來不在啊！」再三確認沒人在之後，宮奈奈反倒鬆了一口氣，這才發現手心都是汗水。

呵呵，宮奈奈自我安慰地乾笑兩聲，轉身想出去時，卻發現門好像卡住了，怎麼樣都無法順利地打開。

儘管奈奈用力拉、扯、踹、踢、推，門始終文風不動。

「別踢啦，再踢門就真的要壞了。」

瞬間，奈奈還以為門開口說話了，後來才發現聲音來自背後。

本來無人的房間裡坐著一位穿著古袍的年輕男子，正在細細品茗，優雅地聞著茶香，舉止從容，似乎他一直都待在房內，而宮奈奈則是他邀請的客人。

確切來說，是這樣沒錯啦。

「坐吧。」

古袍男子招呼她坐下，他則一手撩衣袖，專心地替她沏茶。

桌上擺滿了各式的中式糕點。

奈奈頓時有種在看古裝片的錯覺。

「你一直都在房間裡嗎？」奈奈刻意挑了個遠離古袍男子，但又不至於太失禮的位置落坐。

「是的，我剛剛一直都在房內。」古袍男子的神色淡然，看起來煞有其事。

但是奈奈剛剛進門時根本就沒見著半個人影，連鬼影都沒有，她敢肯定他絕對是在捉弄她。

神仙都喜歡先把自己弄不見，然後又再原地現身，以為這樣很有趣嗎？根本是在賣弄法術好不好！奈奈憤憤地想。

尷尬的沉默之後，奈奈見古袍男子沒有開口的打算，按捺不住心裡的疑惑，她終於出聲問道：「你找我來到底是為了什麼事情？」

「我的使神難道沒說嗎？」古袍男子放下手中的茶杯，「只是想泡杯上好的茶，慶賀宮奈奈小姐當上代理神仙一職。」

「你為什麼會知道……？」

「以一介凡人之姿當上代理神仙，不覺得挺有趣的嗎？妳可別小看神仙的情報網喔。」

她從來就沒小看過好不好！奈奈滿臉黑線。

「更何況，」說著，古袍男子瞬間欺身上前，握住宮奈奈的手。「能與這麼可愛的小姑娘共事，想必以後的生活一定多采多姿。」

宮奈奈乾笑著將手收回，什麼共事！她根本就是被脅迫的好不好！而且從這一刻起，她的人生就註定離多采多姿無緣了。

古袍男子似乎並不在意奈奈的刻意疏遠，逕自講著：「對了，我還沒有自我介紹，我是掌管西區的土地神，我叫言夜。」

奈奈本來也想自我介紹，幸好及時打住。神仙不都是上知天文、下知地理的嗎？

那她的個人資料對一名神仙而言想必不是什麼難事，而且看樣子他們早就知道她的名字了。

「土地神還有分東西南北喔？」她還是頭一次聽說。

「因為本市土地涵蓋的範圍實在太廣，再加上人口雜亂，只憑一位土地神很難處理各種瑣碎的事情。所以玉皇大帝就破例將這區細分為東西南北四區，由四位土地神共同管理。」

言夜一抖袖子，手一揮，桌上的東西立即消失，取而代之的是一張地圖。宮奈奈認出那是本市的區域分布圖，圖上還有四個紅點標示出四座土地廟的位置。

地圖隨著言夜的手勢憑空浮起，就像投影片一樣，宮奈奈看得直呼神奇。

然後奈奈認出來了，位在不起眼的一角，而且小得不能再小的紅點，正是曜日的小廟。

「所以說，曜日是東區的土地神？」

「不錯。」一提到曜日，言夜的臉上出現不屑的神情。「曜日那傢伙，每次開共同會議時都找藉口不出席，根本不把其他土地神看在眼裡。如此懶散的性格，也不知道當初怎麼會位列仙班。小姑娘，我看妳也別只是當代理，那多無趣，直接取代他吧！」不知道是不是認真的，言夜笑笑地補充一句。

「你們……處不來嗎？」

的確，像曜日那種輕佻的個性，任誰都會覺得難以相處，更何況對方也同是神仙。

「處不來倒談不上，這叫同業良性競爭，你們凡人不也愛搞這一套嗎？」

我錯了！言夜雖然外表看起來溫威儒雅，根本就超腹黑的啊！

「神仙也要彼此競爭嗎？」

「神仙當然也有業績壓力，妳還需要多學點，小姑娘。」

言夜一個彈指，地圖憑空消失了，原先消失的東西又全數回到桌上，彷彿沒人動過。

言夜伸手拿了一塊桂花糕，小口地品嘗，他發現宮奈奈並沒有要動手的意思。

「不合妳的口味?」

「不是。」宮奈奈輕輕搖了搖頭,「我曾經聽人說過土地神喜歡吃桂花糕,原來這件事情是真的啊!」

果然凡事都有根據,所以長輩說的話不一定都是迷信。宮奈奈下定決心以後長輩的話會好好聽進去的。

言夜露出一副「原來是這種小事」的表情。「沒什麼好驚訝的吧,土地神喜歡吃桂花糕早就不什麼新聞了。」

「那用桂花糕可以收買土地神嗎?」宮奈奈的腦筋動得飛快,已經在心裡打起如意算盤了。

言夜剛好沒聽到關鍵詞,下意識地就回答:「大概吧。」完全不知道這句話足以讓某人怨恨他一輩子。

宮奈奈忍不住暗中竊笑,也伸手拿了一塊桂花糕,放進嘴裡大口嚼著,全無淑女風範,一邊吃還一邊吃吃笑。

好吃、好吃、好吃！

有好一陣子，兩人都沒再開口說話，言夜專注地品茗，而宮奈奈也同樣努力地填飽肚子。突然想起還在外面的小弟小妹，自己卻在這裡大吃特喝，頓時升起了一種罪惡感。

「我可以帶幾塊回家嗎？」

「當然可以，等等我會命雙笙幫妳打包幾份獨特的糕點，讓妳帶回家慢慢享用，以後也歡迎妳常來玩喔！」言夜溫柔地笑著說。

神啊！宮奈奈看著言夜，第一次突然有種想要跪下膜拜的衝動。

「你真是個好人。」還是應該說好神？宮奈奈萬分感動地說。「跟某位土地神明顯大大大不相同，不只人帥、心地又好。」奈奈逮到機會就先巴結一番。

與各路神明打好關係，絕對百利而無一害！

言夜笑而不答。

此時，門外突然響起一連串的腳步聲，咚咚咚，顯示來人正氣急敗壞地衝過來，隨後門就被用力踹開。可憐的木門，今天是第二次被人摧殘。

曜日表情難看地走進來，指著言夜的鼻子破口大罵。

「臭老頭，誰准你對宮奈奈出手的！」

現在是在上演哪一齣啊？不要搞得好像是三角戀情啦！

只見言夜放下茶杯，好整以暇地看著曜日，盯了許久後才終於吐出一句：「你是哪位啊？我們認識嗎？」

「耶？」這下，不只曜日驚訝得出聲，就連宮奈奈也同樣以吃驚的眼神望向言夜。

同樣是保護本地居民的土地神，照理來說應該彼此認識，更何況聽言夜的口氣，就算跟對方稱不上是朋友，至少也該清楚對方的底細才是啊。

無視於另外兩人的驚慌，言夜仍然一派淡定。「不好意思，我真的不認識你。」

曜日上前一步抓住言夜的衣襟，粗魯地前後搖晃，似是想藉此喚回他的記憶。

「就算你裝傻也沒用！」

「別動粗啊！」奈奈想把兩人隔開，禁止暴力！

「我沒有在裝傻，我是真的沒見過你。」言夜的樣子實在不像作假。

「而且。」言夜慢條斯理地繼續說，把緊抓著衣襟的那隻手輕輕揮開，「我不記得有認識這麼矮的人，我也沒那個嗜好。」

「我們也才幾百年沒見，你當真把我給忘了？臭老頭，這個玩笑未免也太過火了！」曜日不敢置信地瞪大雙眼，氣得頭髮都快豎起來了。

看著曜日，一股熟悉感在言夜心中盪漾開來，這個表情、這個討人厭的聲音……在他認識的人當中，確實是有這麼一個人。

他微微將頭側向一邊，努力將面前稚嫩的臉孔與腦海中那始終不可一世的人影相互比對，不確定感在他心中逐漸擴散，接著成形。

「你難道是……曜日？」良久，他才終於開口問道。

眾多諸神中，也只有曜日那傢伙敢肆無忌憚地喊他臭老頭，而且還總是一副滿不在乎的樣子，他實在不懂，像他這樣的人，怎麼會坐上這個職位呢？

在眼前的少年身上的確找得到昔日曜日的影子。

「哈，你終於認出來啦，我還以為那麼久不見，你患了老人痴呆症呢！」曜日笑嘻嘻地說道，眼裡卻一點笑意都沒有。

「你才是吧。」言夜不理會他話中的嘲諷，「法力衰退得那麼快，與你當初的樣子實在落差很大啊，小朋友。」言夜刻意一掌柔亂曜日的頭髮，藉此取笑他的身高。

看他們的樣子，不像是老朋友敘舊，到像是仇人偶然在街上遇見，新仇加上舊恨通通一起解決。

現在到底是怎樣啊？

「我還以為你們是朋友。」宮奈奈小心翼翼地選擇措詞，深怕衝突一觸即發。

「誰跟這種人是朋友！」曜日跟言夜異口同聲地否認。

還說不是朋友，這個部分兩人倒是十分有默契吶。

「話說回來，臭老頭，你竟然偷偷帶走我的人，有什麼企圖，說！」

「誰是你的人啊！」奈奈快氣炸了。

曜日從一進門起，就左一句我的人右一句我的人，欸欸，問過她的意見了沒啊？果然是個狂妄又自大的土地神！

「倒是沒有什麼企圖，而且我是光明正大地邀請未來的同事前來一聚，我不覺得需要向你報備。」

跟言夜相比，曜日的口才明顯輸了一大截。曜日氣得一時半會想不出什麼反駁，只好採取下一步行動，直接拉著宮奈奈的手往外走，而後者不吭聲地任曜日擺布，同時還留戀地望了桂花糕最後一眼。

「小姑娘，有問題的話歡迎隨時來找我喔！」在門即將關上的那一刻，言夜揚聲道。

「我決定了！」曜日突然大喝，嚇了宮奈奈好大一跳。

「決定什麼？」

「當是決定要讓言夜那傢伙好看啊！」

「是喔……」對於曜日這種拚不過就想要人家好看的幼稚想法，奈奈也不知道該說什麼些才好。

「妳明天就帶妳那位朋友過來吧。」

咦咦！

「你終於想通決定要幫我了啊？」宮奈奈一時激動，忍不住提高音量。

「對啊！」雖然嘴上這麼回答，曜日心裡想的卻是慢慢增加信眾，當他的神力恢復後，就是要讓言夜這傢伙好看的時候了！

如果成功提升自家管轄區的業績，成長幅度竄升為四區中的第一名，那麼下次就可以在檢討會議上好好欣賞言夜難看的臉色了。

思及此，曜日的心情才稍稍平復了些。

第三則

土地神的例行工作之一：跟非人者打好人際關係

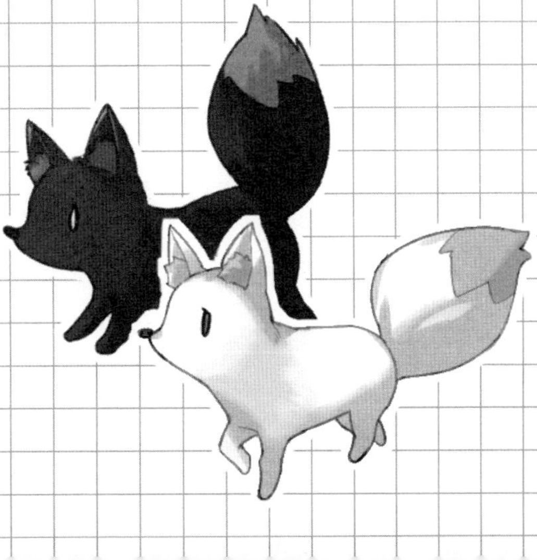

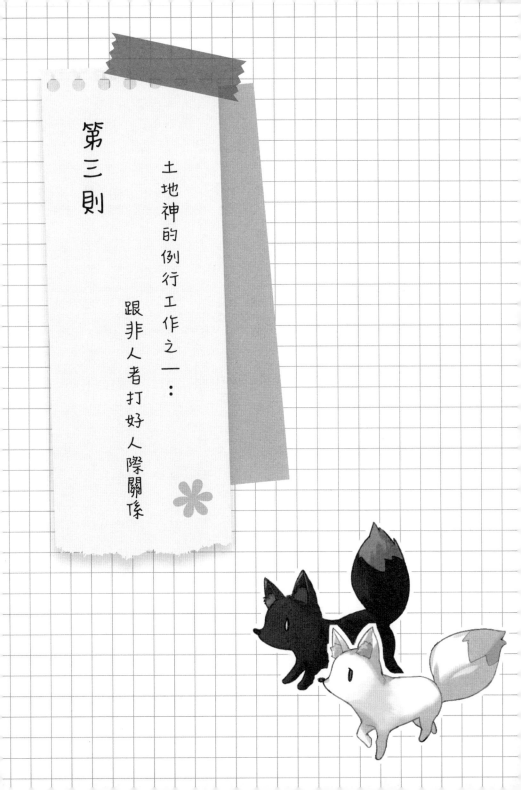

雖然宮奈奈不喜歡醫院，卻從來沒有像今天這麼排斥。自從她當上代理神明之後，身體在不知不覺間起了微妙的改變，例如她就常常會看見不該看到的東西。

這對膽子向來不是很有力的奈奈而言，無疑是個折磨。她已經到了晚上不敢關燈睡覺，或是獨自一人去上廁所的地步，甚至連照鏡子都得小心翼翼。

而此時此刻，宮奈奈的視角邊緣裡就多了很多半透明的人影，所以她不只是要閃避人來人往的行人，還要避免擋到「那些東西」的路。搞到最後她只想立即轉身，從這棟「非人者」大本營的醫院逃走。

曜日透過神紋得知宮奈奈現在的想法，一把抓住她。「我說妳冷靜點好不好！」凡人就是這一點麻煩，所謂的鬼也不過是從凡人的肉身中衍生而出的東西，當他們是另一種生物不就行了？

「因為別人看不到你，你才能說得這麼輕鬆！」

奈奈壓低音量回應，免得被人當成自言自語的瘋子，雖然她現在的行徑已經怪異到讓人側目了，她可不想雪上加霜。

為什麼她會在放學後跑來醫院呢？這要從一大早說起。

今天早晨，一如往常準時到校的宮奈奈看到柳顏樂的位置空蕩蕩的，顯示主人還未到校，這對認識樂樂多年的奈奈而言很不尋常。

因為樂樂習慣早起，就算不是第一個到校，也總會趕在前三名進到教室。

理由是，她偶爾也想獨自一人想受教室裡的清靜時光，先讓腦子沉澱一下，這樣她才有精力開始一天的忙碌校園生活。不由自主地，宮奈奈又想起在樂樂變得怪異之前的那段美好時光，不禁有點感傷。

「奈奈，早啊！」一名女同學打斷了奈奈的思緒。

「早啊，樂樂今天睡過頭了嗎？」這位女同學近期跟樂樂走得很近，她應該會知道些什麼吧。

「妳不知道嗎？樂樂今天突然發高燒住院了，伯母託我幫樂樂請假。」

女同學的話語就像一道閃電直劈奈奈的腦袋，對她造成不小的打擊。

她的確什麼都不知情，身為樂樂最要好的朋友，這種被蒙在鼓底的感覺很不好受。

宮奈奈接著向女同學打聽到了哪家醫院以及病房號碼，決定放學後到醫院去一趟，當然拉上曜日一起同行。

就結果而言，這趟醫院之行根本大錯特錯！

這家醫院很奇怪，不管什麼時段都擠滿了看診的病患，話說哪家醫院不是呢？當然，「那種東西」也很多，讓人緊張兮兮的。

照理來說，「那種東西」應該會怕具有神氣的東西，但是他們幾乎不怎麼害怕奈奈。

難道是她的代理神仙職位才上工幾天，法術還不夠強大的關係？

宮奈奈正想轉頭詢問一下專業人士曜日的意見，這才發現不知何時人已經不見了。

滿滿的人潮中找不到曜日的身影。

「可惡！我應該要看緊他的！」

宮奈奈第一個想到的就是他落跑了，再來是走失了。

走失的話要廣播協尋嗎？

不對！不對！曜日好歹也是神，普通人根本看不見他，怎麼找！

就在宮奈奈急得焦頭爛額時，眼角閃過了一抹熟悉的身影，她當下就認為是曜日，毫不遲疑地跟了過去。

曜日走在前頭，速度很快，一連拐了好幾個彎，一副對這家醫院熟門熟路的樣子，讓宮奈奈感到困惑。

曜日來過這家醫院嗎？

他們從人潮很多的掛號區，走到比較少人的病房區。整條走廊看過去幾乎都沒什麼人在走動，日光燈散發出昏黃的光線，為這場景增添幾分可怕的色彩。

而曜日則是埋頭往前走，也不出聲，奈奈終於忍不住拍了拍對方的肩膀。「曜日，你到底要去哪裡啊？」

曜日停下腳步，回頭。

「呀，你——」宮奈奈在看到對方的臉時，腦袋頓時一片空白。他根本就不是曜日！而是一個中年大叔，不但七孔流血，嘴巴還不斷發出死前呻吟。

「不要過來！」奈奈的雙腿一軟，直接癱坐在地。

中年大叔緩緩靠近，腳步虛浮地拉近兩人的距離。看在宮奈奈眼裡，這短短秒宛如好幾小時般慢長。

可她卻什麼都做不了。

無法逃跑，腿已經……

日光燈啪沙一聲不斷閃爍，走廊上的病房門也似乎配合著此景發出敲打聲。

咚咚咚。宮奈奈的耳中充斥著自己急促的心跳聲。

她什麼都聽不到，對，這只是場惡夢，醒來應該就沒事了。

她緊閉雙眼，期盼著不管是誰都好，快來解救她吧！

「你嚇到她了啦！」

專屬於曜日，那一貫慵懶的語調在奈奈耳畔不疾不徐地響起。

中年大叔的手就這麼停在奈奈的眼前，然後才緩緩收回。看到曜日出現後，嘴巴蠕動著不知道在說些什麼。

「人家只是一個小姑娘，不要捉弄人家啦！話說都過了好幾十年，大叔你怎麼還在這裡啊？」

中年大叔面無表情地點了點頭，接著不知道又說了些什麼，呢喃著無聲的話語。可曜日卻奇蹟似地聽懂了。

「對啊，她可是我的代理人唷，對我很重要，不准你們欺負她！」

中年大叔繼續無聲地談話。

「知道啦！我跟她還有正事要辦，沒事就快走吧！」曜日煩躁地揮揮手。

話甫落，走廊上的日光燈又恢復了正常，持續地發出煩人的嗡嗡聲，中年大叔也隨之消失了。走廊再次恢復先前的靜謐，彷彿什麼事情都沒發生過一樣。

宮奈奈一睜開眼，就看到曜日好整以暇地站在一旁，頓時怒火中燒。

她之所以會遇到那麼嚇人的事情，歸根究柢就是因為曜日！

因此，奈奈不容分說地往曜日頭上K了一拳。

可能是沒料到宮奈奈起身的第一件事就是揍人，曜日閃躲不及，被K了正著，一臉莫名其妙地摀著頭。

「好痛啊！妳幹嘛啦？這是對待恩人應有的態度嗎！」應該相反吧！

「誰叫你剛剛亂跑，這是對你亂跑的懲罰！」

「我哪有亂跑啊……」曜日突然想到了什麼，一臉興奮地說道。「對了，這家醫院竟然還有美食街耶！凡人的醫院都這麼有趣嗎！」曜日像發現了新大陸般，雙眼放光。

會覺得醫院有趣的人大概只有你了吧……宮奈奈的臉上降下三條黑線。

「你沒忘記我們此行的目的吧？」還是提醒一下好了。

「我沒忘啦！只是難得出來，想多晃晃。」

「你多久沒出來過了？」

「嗯……幾十年吧，確切的數字我也記不得了。」曜日偏著頭說道。

「難道你都不用去你管轄的地方看看？」宮奈奈感到不可思議。

這位土地神倒底是有多怠忽職守啊！

曜日聳了聳肩。「基本上都是由白狐和黑狐輪流去巡視，而且不知道為什麼，他們竟然不准我踏出廟裡一步！」好歹他也算是他們的主人啊！

宮奈奈非常能理解白狐跟黑狐的苦心，是怕曜日一旦踏出廟外就一去不回了吧。

依曜日的個性，百分之百一定會那麼做！

「總之，快去辦正事吧！」結束了這個話題，宮奈奈一馬當先地走在前頭。不管樂樂是被什麼東西纏上了，她都不怕。

更何況還有曜日在啊！

這次曜日倒是挺乖的，沒有再亂跑，安分守己地跟在奈奈後頭。

柳顏樂的家境還不錯，又是獨生女，所以絕對不會與其他病人共擠一間病房，是單人房的可能性很高。

這樣正好，反正他們要做的事情絕對不能讓其他人撞見。

來到了樂樂的病房外，周圍出奇地安靜。

一推開門，就見到樂樂病懨懨地躺在床上，雙眼緊閉。

此刻病房內沒有訪客，曜日一眨眼就來到了病床邊，看著樂樂幾近蒼白的臉，下意識地探了探鼻息。

「還活著。」

「不然呢。」宮奈奈忍住翻白眼的衝動。

「不過，再不處理的話，搞不好真的會死喔。」曜日話中有話。

「事態真的那麼緊急嗎？」

宮奈奈擔憂地望著病床上的女孩，昔日神采飛揚的表情已經消失，女孩的臉上毫無生氣，時不時發出痛苦的夢囈。

「難道樂樂會這樣，也是因為那個吊飾的緣故？」奈奈抬起頭。

「我想是吧。如果沾染上不好的東西，凡人的身體大多無法支撐太久。」

「那現在要怎麼辦啊？」宮奈奈頓時腦袋一片空白。

「想要了解事情的原由，就必須找到一切的起源。」曜日語帶玄機地說，等著奈奈自己想通。

「什麼起源啊？」拜託！可以說白話點嗎！

「任何事情會發生，不可能一點徵兆都沒有，萬物自然有一套規則。」這樣還不明白嗎？

「啊，那個吊飾！不過樂樂會帶在身上嗎？」

「我想，她一定會為了不讓其他人碰觸而帶在身上。」不知為何，曜日的語氣很肯定。

宮奈奈雖然不知道曜日憑什麼這麼肯定，但還是姑且一試，半信半疑地將手探出去。果然就在腰部的地方摸到了吊飾。

這個吊飾與奈奈初見時不同，散發出一股濃濁的黑氣。

一看就是邪物。

宮奈奈收攏手指，將吊飾緊緊握在手心，突然她的身體一震，眼前出現一幕幕她不願看到的景象，似乎是吊飾將前任主人的影像以強迫的方式傳遞給她。

在畫面中，奈奈彷彿是個坐在電視機前的觀眾，只能旁觀，無法出聲，也無法干預看到的任何事情。

故事的主角是一位長得甜美可愛的紅衣小女孩，她天真的臉上始終掛著笑容，宮奈奈也忍不住跟著勾起嘴角，感染到小女孩的好心情。在小女孩上小學的第一年，媽媽送給她一個精緻的娃娃吊飾，女孩很高興，吊飾陪伴著她度過了許多人生中的第一次。

第一次上小學後的生日、第一次交朋友、第一次校外教學、第一次被老師讚美，許多第一次的美好回憶，讓周圍的人彷彿也展染上了正面能量，始終笑口常開。

但是幾年之後，這些美好的回憶像斷了線的風箏，一去不復返。

小女孩的父親經商失敗，他們被迫搬家，小女孩也被迫轉到一所全校加起來不超過百人的鄉下學校。

但這些都無法打擊她，誰能想到幼小的身軀裡竟隱藏著連大人都自嘆不如的堅強心靈。

某天，一位自稱是父親朋友的中年男人來接她回家。

雖然感到疑惑，但小女孩還是決定相信陌生人，跟著他走。

她一點都不了解大人世界的汙穢、骯髒，總覺得那些都離自己很遙遠。

即使是這樣，那位叔叔還是毫不留情地背叛了她的信任。

「我跟妳的父親合資開了一家公司，沒想到經營不善倒閉，他把剩下的物資都拿去變賣，自己逃得遠遠的，什麼都不留給我！妳知道我剩下什麼嗎？什麼都沒有！老婆鬧著要離婚，兒子女兒也當我是陌生人。所以小妹妹，妳千萬別怪我，不這樣做的話，我的人生就無法翻盤！」叔叔哭喪著一張臉，那模樣好狼狽，就像一隻被逼得跳牆的狗。

畫面到此中斷，宮奈奈的手抖得很厲害，吊飾滑落指尖，所幸曜日一把接住。

剛才的景象，曜日透過與奈奈之間的感應也看見了，證明那一切並不是夢。

他們看到了小女孩死前的最後一幕。

仔細一看，吊飾上的細部還殘留著當時的血跡。

「樂樂，會怎麼樣呢？」愣了好半晌，宮奈奈才好不容易擠出一句話。

「不知道。」曜日坦承道，「說不定會被拖去地獄……」

曜日只是名小小的土地神，每日的工作內容不外乎是聽聽居民的抱怨，或偶爾巡視一下管轄區域（這部分由白狐黑狐代勞），哪有鬧出過人命，自然也沒機或處理類似邪靈作祟的事件。

所以，唯一的辦法，大概就是找到——

「還給我。」

紅衣小女孩就這麼趴在床沿，露出一雙沒有眼白的眼睛死死盯著他們。

宮奈奈不知道小女孩是何時出現的，她一接觸到目露凶光的小女孩就不敢動彈。在女孩身上已經看不到當初那人見人愛的模樣了。

「妳就是吊飾的主人吧，妳想要怎麼樣？這個女孩與妳毫無關係，有必要如此害她嗎？」曜日顯得鎮定許多。

「我只不過是想跟大姐姐做朋友，我有錯嗎！」小女孩理直氣壯地吼道。

「死去的人本來就不該干涉活著的人，妳的所作所為已經徹底破壞了三界的平衡，妳明白後果有多嚴重嗎！」曜日沉著應對。

「大姐姐只要跟著我一起到了那個世界，我們就能做一輩子的朋友，不好嗎？」小女孩的語氣中透露出渴望，更多的是滿滿的寂寞。

枉死的冤靈通常對人世有著滿滿的留戀，因為還有許多未完成的事情，他們會將那種不甘心寄託在活著的人身上，眼前的小女孩就是很好的例子。

「所以，這是妳搞的鬼囉？」曜日下巴一抬，指向躺在病床上已經奄奄一息的樂樂。

一提到柳顏樂，女孩的心情就愉快許多。

「對啊，大姐姐是個好人，還答應把身體借給我玩幾天呢！為了能和大姐姐永遠在一起，所以我只好想辦法弄死她囉！」小女孩露出了狠毒的笑容。

「樂樂答應把身體借給妳？這絕對不可能！」宮奈奈壓根就不相信自己的好友會做出這種事情。

「信不信隨便妳，但我跟大姐姐在很久以前就認識了，我們之間的淵源比妳想像的還要深喔。」

「什麼意思？」

「妳似乎是大姐姐的好友呢，我絕對不會讓妳搶走大姐姐的！她是屬於我的，永遠只屬於我一個人！」

「這麼說起來，樂樂那幾天對我很冷淡……」宮奈奈想起來了，「所以，那是妳囉？」

「因為妳身上有我討厭的氣！」小女孩皺了皺眉頭。

討厭的氣？那時候還沒當上代理神明，所以應該是跟曜日混久了不經意沾染上的吧。

「總之，不管樂樂跟妳承諾過什麼，我都希望妳能放過她！」宮奈奈說話的同時，身體四周盪漾出一股正氣，小女孩見狀畏懼地縮了縮脖子，似乎不敢靠近，隨後又佯裝不在乎。

「早就來不及囉！」

「妳、妳應該要去找當初害妳的那個人，而不是拖不相干的人下水！」火一升上來，宮奈奈就有點口不擇言，脫口說出這番話。

小女孩愣住了，彷彿經人一提起，才想起自己是被人害死的。

「對，我要去找那個人報仇……」小女孩失神般地喃喃自語。

一股不祥的預感在曜日心中滋生，才想拉著宮奈奈避開，卻已經來不及了。

想要復仇的心情頓時化為一股能量，不斷地壯大，隨著小女孩越漸強盛的暴怒，由內而外像氣爆般在空中炸開，瞬間，數扇窗戶的玻璃碎裂一地。曜日和宮奈奈也被強大的推力轟出房外，所幸曜日及時護住奈奈，才沒造就不可挽回的傷害。

其他醫護人員看不見小女孩，誤以為是發生不明爆炸，紛紛湧入病房，手忙腳亂地打算先把病人推出去再說。

因為這場災難觸發了警報器，整棟樓頓時鈴聲大作，灑水器也自動開啟，宮奈奈被淋得一身濕，十分狼狽。

其他病人以為是火災，都跑出來一探究竟。

幸好這場意外沒有傷及無辜。

宮奈奈暗自下定決心要將醫院列為拒絕往來戶，永不再來！

於是，趁著騷動還未平息，他們偷偷溜出醫院。

遠遠的，還沒走到土地廟，就看見一白一黑的身影守在門口。

待奈奈走近，白狐連忙迎上前。「宮奈奈大人，有見到我們家曜日大人嗎？」

宮奈奈依舊對這稱呼感到渾身不自在，但還是開口回答：「曜日說他要在外面晃一下才回來，要我先回去。」

聞言，白狐和黑狐氣得鼓起雙頰。

「怎麼了？不是你們答應讓他出門的嗎？」

「我們才沒答應這種事呢！」白狐和黑狐異口同聲地大喊。

所以曜日是偷跑出來的？而現在則像個怕被責罵的小孩，遲遲不敢回家。宮奈奈忍不住笑意。

「宮奈奈大人，你們凡人是不是洗澡的時候，喜歡連著衣服一起洗啊？這樣比較省事嗎。」黑狐問道。

面對黑狐突如其來的問題，奈奈有些疑惑，但還是認真地回答：「我想，一般人應該不會穿著衣服洗澡。」

「那那——」

「我知道了！」白狐插嘴，「凡人不是有句話是這樣說的嗎？遇水則發！所以代表水是很好的東西，對不對啊！」

「嗯……水的確是很好的東西，但——」這說法好像有哪裡怪怪的。

白狐和黑狐你一句我一句地熱烈討論，宮奈奈這才意識到自己正是他們討論的對象，她拉了拉身上濕透的制服，沒好氣地回答。

「我既沒有去洗澡，也沒有跑去玩水啦！算了，別提了！今天真是衰到爆！」

宮奈奈抬腳往外走，想先回家換掉濕透的衣服。

其餘的之後再說吧。

走不到幾步路，卻被白狐跟黑狐兩人緊緊拉住。

「宮奈奈大人不許離開！」

「您現在貴為代理神明，要走也得等到曜日大人回來才行！」

白狐此言一出，宮奈奈才知自己被坑了，而且還是好大的一個坑啊！

曜日一定是知道事情會變成這樣，所以才會先叫她回來土地廟。宮奈奈恨啊，恨自己不夠精明！

「那也要等我先回家換掉濕衣服再說啊。」

「這個簡單，交給我就行了！」白狐信心滿滿地表示。

接著在宮奈奈還沒意識到發生了什麼事之前，衣服上的水分就神奇地蒸發掉了，瞬間制服又回復成剛出門時的模樣，連頭髮也乾了，整個人看起來乾爽許多。

白狐和黑狐好歹也是曜日的使神，會一點小法術也不足為奇。

看來，今天是別想回家了。

宮奈奈只好無奈地在廟外的石椅上坐下，雙腳不安分地搖著。

「所以，我現在要做些什麼？」

看平常曜日也挺混的，土地神的公務應該不會繁重到哪裡去吧！

黑狐不知從哪搬來一疊泛黃的文件，比他整個人還高出一個頭，但黑狐也不是什麼省油的燈，輕輕鬆鬆地就將文件放在桌上。

「這、這是什麼？」奈奈目瞪口呆。

「這是東區每戶人家的資料，身為土地神就該了解這塊土地的居民都是什麼樣的人。」白狐講得頭頭是道，似乎真有那麼幾分道理。

奈奈的臉卻扭曲在一起。「這些全部都要看完？」

「是的！全部。」

「我不信，這麼多資料難道曜日全看了？」如果曜日全看了，她就一個月不吃零食！

「是的。」黑狐竟然點頭。

「不是吧！」宮奈奈錯愕，「你們認識的曜日跟我認識的那傢伙是同一個人嗎！」

「您別看曜日大人平常很懶散的樣子，其實他的記性很好，有過目不忘的能力唷！」白狐難得地替曜日辯解。

嗚嗚嗚！好吧，一個月的零食離我而去了！

無奈之餘，宮奈奈只好開始閱覽那份文件。大多都是每戶人家的戶籍資料，家裡有誰或經濟狀況如何等等。

都只是一些瑣事，宮奈奈到現在還是不相信曜日竟然看了，而且還全部看完了。

宮奈奈盯著那堆資料，腦海中有個想法快速成形。

「白狐。」宮奈奈抬頭，「你有過去十幾年來曾經有子女喪生的家庭的資料嗎？」

白狐被宮奈奈懾人的氣勢嚇到，愣愣地點頭。「我想應該有吧。」

「快點全部拿來給我！」宮奈奈急迫地說。

白狐和黑狐絲毫不敢怠慢，立即轉身衝進去廟裡，不一會兒，兩個人的手中都抱了一疊資料回來。

資料到手後，宮奈奈急切地翻動，發揮平時看小說一目十行的功力，一頁頁地快速瀏覽。白狐和黑狐彼此面面相覷，一臉疑惑地看著專注的宮奈奈。

「沒有，找不到。」宮奈奈一臉失望地再次坐回椅子上。

「奈奈大人是要找什麼嗎？」黑狐在一旁小心謹慎地詢問。

宮奈奈彷彿沒聽見黑狐的話，一臉若有所思地喃喃自語：「過去幾年來曾經有子女喪生的家庭，要不是死者是男生，不然就是年紀稍長，根本就找不到與小女孩狀況相符合的家庭。」難道自己搞錯了什麼嗎？

「宮奈奈大人？」白狐出聲喚道。

宮奈奈一抬首，就對上兩道疑惑的眼神，於是深吸一口氣，把事情的來龍去脈大致講了一遍。

「會不會不是在東區，而是在別區呢？」白狐提出想法。

對喔！宮奈奈還真的沒想到這個可能性。

曜日是東區的土地神，這裡理所當然只有東區居民的資料。

所以說，小女孩有可能是西南北其中一區的居民囉？

但奈奈隨即想到，除了言夜之外，自己不認識其他土地神，就這樣冒然去叨擾人家，未免也太唐突了。

也不知道人家會不會好心地借出居民的戶籍資料。

一般人想必不會輕易答應這種任性的要求，更何況對方還是共同守護這塊土地的土地神。

總之，先去拜訪言夜看看，搞不好能在他那邊查到些什麼蛛絲馬跡也不一定。

「那個，我想出——」

「不可以！」白狐先發制人。

「你怎麼知道我要說什麼？」宮奈奈愣住。莫非連使神都可以輕易聽見任何人內心的想法？

這也不無可能。

「因為奈奈大人想說的話，都清楚地寫在臉上喔！」黑狐一臉純真地說。

可惡啊！「真的不行嗎？」奈奈試圖裝可憐。

「請先看完那些資料再說。」白狐絲毫不理會奈奈的請求，像個嚴苛的小教師般在旁監督，確認她有好好完成指令。

「魔鬼！」宮奈奈有點自暴自棄，手沒忘記持續翻動那些資料。

「嗯哼！」白狐完全不受影響。

宮奈奈已經三天沒跟曜日講過一句話了，雖然偶爾還是會去土地廟晃晃，但一見到曜日，就自動當對方是空氣。

「我說妳啊，有必要那麼生氣嗎？」曜日知道宮奈奈為了前幾日他將她一人丟在土地廟面對龐大的事務而生氣，所以口氣也不敢太強硬。

奈奈先是冷冷地掃了他一眼，然後終於開口說出多日來的第一句話：「我要去找言夜！」

「什麼！」曜日大驚，「這是我跟妳之間的事情，有必要去找那個討人厭的傢伙嗎！」

「哼！再怎麼討人厭，也比某個人可愛多了！」

某人指的就是曜日。

「不行！我不准妳去找他！」曜日堅決反對。

「為什麼？人家可是相當『歡迎』我喔！」宮奈奈特意在歡迎二字加重了語氣。

「妳、妳找他還會有什麼事情！」曜日嘴角忍不住抽搐，想不通宮奈奈找那位自以為風雅的土地神還會有什麼正經事可談。

經過了這麼多天的相處，宮奈奈漸漸適應了神紋，也知道當自己有不想給曜日知道的事情該怎麼封閉內心的想法，所以在他們之間可以存在祕密。

其實，奈奈找言夜只是為了調查小女孩的家世背景，但這一點曜日當然不知道。

所以宮奈奈刻意說：「我們能做的事情很多，更何況你根本沒有立場反對我找言夜吧。」

「唔！」這麼說也對，曜日一時語塞。

曜日見宮奈奈已下定決心，事情走到了無可挽回的地步，於是只好放軟態度說：「好吧，如果妳堅持要去的話，就去吧！」

「真的嗎！」曜日什麼時候變得這麼容易妥協？

「但我有一個條件！」曜日的話還沒有說完。

「什麼條件？」

「我也要一起去！」

「什麼！」這回換宮奈奈傻了，「其實你不用硬跟著……」

「總之，我也要去就對了！」曜日迅速打斷宮奈奈的話。

「那，好吧。」奈奈無奈地輕嘆一口氣。

曜日露出得逞的得意表情。「那妳等等要怎麼過去？」

「坐公車！」宮奈奈想也不想地就回答。

上次是坐言夜的馬車前往，這次雖然沒有馬車，但奈奈記得在言夜的土地廟附近剛好有公車站牌，所以坐公車去，是最省錢又方便的方法。

「坐……公車？」

由這句話可得知，曜日顯然沒搭乘過大眾運輸工具。

「嘔——」

這已經是曜日第十次乾嘔了。

此時，他們正在言夜的土地廟外，只見曜日一手扶著柱子，臉色發青地倚靠在上頭，一步都走不得。

「你真的沒問題嗎？」宮奈奈一臉擔憂地望向虛弱的曜日。

這句話，她也不知道重複幾遍了。

「我、我可以的！」曜日軟軟地比出一個沒問題的手勢，但毫無說服力。「我不懂，為什麼凡人可以自在地坐在鐵盒子內移動……」曜日剛壓下新一波欲嘔的欲望。

雖然吐也吐不出什麼東西，但那種顛簸的感覺，至今還是讓曜日渾身難受。

「你果然是暈車了……」宮奈奈哈哈地乾笑兩聲。第一次聽說神仙會暈車，而且這種狀況還真讓她給碰上了。

當事人可絲毫不覺得有哪裡好笑。「沒想到才過了五百年，凡人的世界竟然變得如此危險重重，不只在路上有很多鐵盒子，就連天上也很危險吶……」

什麼叫才過了五百年啊！比起二十一世紀的科技，你的存在才叫人更匪夷所思好不好！宮奈奈心中默默地吐槽。

「那你還要跟我進去找言夜嗎？」都到了門口，不進去的話實在是說不過去啊！

「不、不用了！」曜日顫聲道，一邊說一邊緩緩後退。「我想我還是到外面等妳好了。」

要是讓言夜看見自己這副狼狽樣，肯定會被大做文章。

看著曜日落荒而逃的身影，宮奈奈嘴角閃過一抹笑意，立即轉身走進別院。

曜日不在，正合她的意。

其實宮奈奈也不敢肯定言夜一定會在房內，畢竟土地神的事務繁忙，她有點後悔沒有在過來前先打聲招呼，就怕撲了空。

還沒走進，宮奈奈就看見那熟悉的優雅身影以及舉止從容的儀態，這似乎是言夜一貫的作風，像個風雅的文士。

宮奈奈心底起了小小的惡趣味，她躡手躡腳地溜進房內，盡量不發出足音，屏住氣息，偷偷摸摸的……

言夜此時正在更裡面的小房間與雙笙對弈，從他的角度恰巧看不到門口，但正對著言夜的雙笙卻能看得一清二楚。

雙笙一瞥見宮奈奈，正想出聲，卻被她的一個噤聲手勢給壓下了。

宮奈奈輕聲地走到言夜的背後，對方正在思索下一步棋該怎麼走，完全沒察覺到有人靠近。

宮奈奈見機不可失，想出聲嚇嚇對方，順便報上次言夜神出鬼沒的仇，但言夜還是搶先了奈奈一步，先發制人道：「宮奈奈大人，別來無恙啊！」

結果言夜沒嚇著，反倒是宮奈奈自己先嚇了好大一跳。

宮奈奈一臉無趣地走到了言夜的面前，活像惡作劇被逮到的小孩。

「你很早之前就注意到了嗎？」

言夜抬頭，臉上綻放出始終如一的溫和笑容。「你們到附近時，我就注意到了。」

宮奈奈沒有遺漏掉言夜用的詞是「你們」，想必曜日的狼狽相也早就被言夜看在眼底了。

「呵，曜日那傢伙也真是的。」言夜繼續說道，「對我也太見外了吧，暈個車只是會被我嘲笑一番，這也沒什麼吧。」

曜日沒來果真是對的！

雙笙起身，將言夜對面的位置讓給奈奈，把象棋簡單收拾一下便先行告退，留言夜和宮奈奈單獨在房裡會談。

「好啦，無事不登三寶殿，妳來找我有什麼事情？」言夜開門見山地問道。

宮奈奈一手撫平亂翹的髮絲，心裡思索著該從何講起，又該透露多少給言夜知道。雖然已經在心裡想好了一套說詞，但從口中吐露出的就是跟腦中架構的版本不一樣，可以說是一字不差地說給對方知曉。

畢竟，如果言夜只知其一不知其二的話，也很難尋得他的幫助。

「總之，妳是向我來要小女孩生前的資料？」

言夜不愧是言夜，頭腦清晰有條理，很快就知道奈奈要他幫什麼忙。

宮奈奈點頭如搗蒜，讚賞地看著言夜。

「那，如果資料不在我這區，妳要怎麼辦？」言夜點中的正是宮奈奈所擔心的事情。

其實，她也沒想那麼多，暫且就先走一步算一步吧！

「南區和北區的土地神可都不是好對付的對象喔。」言夜好心地提醒道。

宮奈奈並不認識南區和北區的土地神，但只要見過曜日和言夜這兩位土地神之後，大致可以猜到另外兩位土地神也不是什麼泛泛之輩。

「你認識另外兩位嗎？」

「認識，但談不上有多熟，只在共同會議上見過幾次面而已。好了，來辦正事吧！」

語罷，言夜一抖寬大的袖袍，手中頓時出現一捲長過地的卷軸，裡頭滿滿的都是戶籍資料，密密麻麻地占據一整面篇幅。

根據奈奈提供的資訊，言夜細心地逐一查找，宮奈奈就在一旁等待，連大氣都不敢喘一下，怕言夜會因此而分心。

宮奈奈注意到言夜的手指十分纖長，漂亮得不像男人的手。其實不仔細看的話，一定會將言夜誤認為從古畫中走出來的絕世美人，舉手投足間都充滿了古人的韻味。

反觀曜日，臉是長得不錯啦，其餘的根本就只是個毛頭小子，不值一提。思及此，奈奈就覺得好笑。

「妳在笑什麼，有那麼好笑嘛！」冷不妨地，一個熟悉的嗓音在她內心響起。

宮奈奈下意識地望向還在找資料的言夜，但對方根本連頭都沒抬，那麼剛才的，果然是——

她咬緊下嘴唇，竟然一時大意，忘記先將內心封閉起來了！

「呃……被你聽見啦？」宮奈奈也在內心回應曜日。

「廢話！妳忘記我們現在是命運共同體嗎！」曜日的口氣聽起來心情很惡劣。

「而且，居然在我的面前提及另一個男人有多好，妳這是精神出軌啊！別忘了妳現在是我的代理人！」曜日高聲抗議，炸得宮奈奈腦袋嗡嗡直響。

「你不會在吃醋吧？」宮奈奈存心挑釁曜日。

「啊？妳說誰在吃醋啊！我幹嘛要為了妳吃醋！總之，我命令妳馬上給我出來！」

「啊。」宮奈奈輕輕叫了一聲。

「什麼？怎麼了？」

「收訊不良。」

「收、」曜日頓了一下，「怎麼可能收訊不良啊，妳什麼意思！喂妳——」

宮奈奈輕吁了口氣，然後毫不猶豫地切斷了跟曜日連結的內心橋梁，腦袋頓時清靜不少。

拿現代科技來比喻的話，就是關機，遇到不想接的電話，大多數人都選擇關機！

例如：現在。

就在此時，言夜那邊的工作似乎有點眉目了。

「啊，找到了。」言夜移動的指尖沙沙地停在一處名字上頭，然後抬首。「我根據妳給的情報過濾，一開始有十幾個人候選者，但依據時間、年齡、性別交互比對之後，最後只剩下一人符合。」

宮奈奈聞言，差點想起身給言夜按個讚了。言夜真不塊是正港的土地神，比起某位只會耍耍嘴皮子的土地神實在是好太多了。

那，名字是——

「柳顏樂。」回應宮奈奈的期待，言夜很快地公布答案。

奈奈在言夜念出口的瞬間，愣住了。

「她是在十八年前去世的，死去時的穿著就跟妳描述的差不多，嗯？妳怎麼了？」察覺到宮奈奈的不對勁，言夜出聲叫喚她。

宮奈奈如夢初醒般回過神來，愣了一下，才想起自己身在何處。

是言夜的土地廟，她現在突然好希望曜日能在這裡，不知為何，看到他就有一種安全感。

「需要我告訴妳這家人目前的地址嗎？」

「不用了，我知道。」

「嗯？」言夜疑惑地挑眉。

算一算，跟樂樂鬧翻之後，已經許多天沒去拜訪了。

不管事情的真相如何，她都必須追究到底。

答謝過言夜的鼎力相助之後，宮奈奈到了廟外頭，找到正在逗弄貓咪的曜日。

看來暈車症狀已經好得差不多了。

「喵喵，抓不到、抓不到！」曜日蹲在地上，將手中的一束狗尾草當作逗貓棒，在貓咪頭上不斷繞圈子。一雙貓眼死死盯住狗尾草繞行的軌跡，算準時機出爪，可還是撲了個空，曜日難得地露出淘氣的笑容。

「你在幹嘛啊？」

一聽見奈奈的聲音，曜日馬上拋下手中的狗尾草起身。見樂子沒了，貓咪也一溜煙地不知道上哪去了。

「事情辦完了？」

「算是吧。」宮奈奈也不知道該怎麼說，只得敷衍帶過。

幸好曜日只是瞥了她一眼，沒有再追問。

宮奈奈趕緊轉移話題。「你剛剛在跟貓咪玩？為什麼貓咪看得見你？」

「動物都具有看見另一個世界居民的能力，不過我討厭狗。」曜日沒來由地說。

宮奈奈意外地挑眉。「你會怕狗？」

「不是怕！是討厭、不喜歡。」曜日再三強調，「那些狗一看到我不是又叫又吠，就是熱情過度，我個人比較喜歡安靜的貓咪。」

簡言之，曜日是貓咪派。

跟曜日相處多日，宮奈奈又發現他不為人知的一面。再挖掘下去，會不會發現曜日不再是她所熟悉的曜日呢？

結束胡思亂想之後，宮奈奈打起精神。「走吧！」

「這麼快就要回家了？」看樣子曜日還想多在外面逗留，能有一分偷懶的機會都不願放過。

要不是宮奈奈承諾會看好曜日，想必白狐和黑狐不可能會這麼簡單地就放人，曜日自己應該也很清楚這點。

「但是，在回去之前，先陪我去一個地方吧！」宮奈奈語帶保留地說道。

「遠不遠？需不需要坐公車？」他實在是不想再進到那個鐵盒子裡了。

「不遠，就在附近，用走路的就可以到了。」

聽到奈奈的回答，曜日明顯鬆了一口氣，又問道：「那我們要去哪？」

「等到了就知道了。」奈奈故作神祕。

一路上宮奈奈都刻意賣關子，也不明說要去哪裡，放任曜日胡亂猜想，但曜日沒想多久就放棄了。

然後，他們走了約十分鐘的路，終於抵達了目的地。

「公墓？妳來這裡幹嘛？」

此時正值中午時分，太陽將柏油路燒得滾燙，路面蒸騰起一絲熱氣。

宮奈奈沒回答曜日的疑問，只是緊張兮兮地環顧四周，然後喃喃自語：「那個應該不會出來吧？」

若要說醫院是「那個」的大本營的話，那公墓簡直可說是「那個」的老家了。

心裡建設好之後，宮奈奈才終於放大膽子踏出第一步，而後在許多墓碑之間找尋她要的名字。

曜日跟在後頭，沒說什麼，只是感到有些無趣地隨意看看。

奈奈在一處不起眼的墓碑前駐足，粗糙的表面上被人刻了柳顏樂三個字。

果然就跟她想的一樣。

一切不只是那巧合那般簡單。

兩個相同名字的人，命運緊緊纏繞在一起。

「柳顏樂，不就是妳的——」曜日好奇地從奈奈身後探出頭來，在看清碑上的名字時，不禁瞠大雙眼。

「對，跟樂樂的名字一模一樣。」奈奈淡淡地說。

「我很遺憾。」曜日突然眼眶泛紅，「沒想到妳那位朋友，年紀輕輕的就——」

然後以手掩口，一副很難過的樣子。

「我說你是不是誤會了什麼啊？」宮奈奈沒好氣地拍掉搭在她肩上的那隻手。

曜日將手收回，不解地擰眉。「妳這話是什麼意思？」

宮奈奈若有所思地看向遠方。「雖然名字相同，但肯定不是同一個人。這是紅衣小女孩的名字。」

「同名同姓，要說是巧合也太刻意了吧。」曜日也幫忙腦力激盪。

「我想問問伯母，搞不好能打探出什麼。」

結識樂樂以來，奈奈一有空就會到樂樂家叨擾，曾經見過伯母好幾回。印象中，她是個很有氣質的婦人，說起話來總是輕聲細語，笑臉迎人。

「所以妳找言夜那傢伙就是為了這件事情？」不知道是不是錯覺，曜日的聲音聽起來很愉悅。

「是啊，不然你以為呢？」宮奈奈有點受不了地賞曜日一記白眼。

「我還以為言夜對妳做了什麼呢。」現在曜日心情大好，又忍不住開始戲弄宮奈奈。

「我們什麼都沒做好不好！」想到哪去了！她是這麼隨便的人嗎！

就在他們鬥嘴之際，天空明明豔陽高照，卻下起了毛毛細雨。

宮奈奈抬手遮雨，與曜日一前一後地躲進附近的一棵榕樹下。

樹葉茂密的榕樹展開成一隻大傘狀，為兩人提供了遮風擋雨的好所在。

「真討厭，雨應該一下就會停了吧。」宮奈奈從口袋掏出髮圈，將頭髮高高束在腦後，扎成一束馬尾，露出潔白的脖子，頓時整個人清爽不少。

「大概吧。」曜日的聲音在奈奈的耳畔響起。

宮奈奈一回頭，就見曜日的臉近在眼前，很近，她甚至都能聞到從對方身上散發出來的味道。

告白?!這是奈奈所想到的第一個字眼，此情此景根本像極了偶像劇的橋段，兩人躲避突如其來的大雨，自然而然地造就獨處的環境，然後可想而之的就——

「我覺得這樣不太好。」奈奈轉移視線，不自在地避開曜日那灼熱的視線。

人跟神是沒有結果的，請你放棄吧！這樣或許我們還可以當朋友！奈奈完全陷入自己的小劇場。

「妳也知道這樣不好，那還不快點——」曜日一瞬也不瞬地盯著宮奈奈，已經快說不下去了。

「不！我不能答應！」宮奈奈拚命搖頭。

「妳、妳難道就這麼討厭我？」曜日顫聲說道，完全無法接受現實。

「我沒有很討厭你，只是我無法答應這個請求，請原諒我！」宮奈奈無法正視曜日那一臉心碎的表情。

「妳這個女人！」曜日抓住宮奈奈的頭，硬轉回來，逼她正視自己的眼，表情難看。

「怎、怎樣啦！」

看著曜日的臉步步逼近，宮奈奈頓時無法動彈，雙眼緊閉，一顆心跳得飛快。

但曜日卻只是咬牙切齒，彷彿忍受著極大的痛苦，一字一字地說：「妳、踩、到、我、的、腳、了。」

啊?宮奈奈錯愕地張眼，倒退了一步，曜日的表情隨即舒緩了許多。

什麼?!難道她誤會了……曜日對她根本就沒那點心思……

也對，反正這本來就是不可能發生的事情！她在想什麼啊！

曜日動了動回歸自由的那隻腳，鞋上的鞋印還隱約可見。

「喂，妳怎麼啦?」曜日發現宮奈奈一臉失落的模樣。

「沒事，我只是為想太多的自己感到可悲而已。」宮奈奈現在只想挖個地洞鑽進去。

曜日一臉困惑，哪懂得女孩子的心思。

「我想回家了。」

「回家?」曜日看了一眼漸大的雨勢，「等雨小一點再走吧，還是妳那麼急著回家?」

「倒也沒有那麼急啦。」反正每次回家也只是躺在沙發上，吃吃零食，看看電視殺時間罷了。

她只不過是不想在經歷那麼尷尬的事情之後，跟曜日兩人獨處。

接著兩人都沉默下來，好一會兒都沒人說話。

正當宮奈奈以為這樣的沉默會無止境地延續下去時，曜日開口說話了。

「妳知道當上代理土地神的第一件事情，要做什麼嗎？」曜日沒頭沒尾地冒出這麼一句話來。

宮奈奈皺眉。「不知道，是要保祐居民之類的嗎？」她不確定地猜測。

「不是，是要跟非人者打好關係！」曜日雖然是在對奈奈說話，但卻專注地看著天色的變化。

非人者……意思是……

「非人……不會是那種東西吧。」完了，她竟然有一種非常不妙的預感。

「對，土地神雖然擁有法術，但不是萬能的，有一些小道消息還要靠那些小鬼告訴我們呢。所以必須先跟小鬼打好交情，以後絕對派得上用場！喔！來了來了！」

曜日一本正經地說得頭頭是道，訓誡著奈奈，隨後一臉興奮地盯著天際。

雨停了，太陽卻被不知從哪飄來的烏雲遮蔽，瞬間天色黯淡不少，氣溫也因此下降了好幾度。

等奈奈回過神來時，她耳邊充斥著一片吵雜聲。

在她眼前上演了奇妙的畫面，原本不見半個人影的公墓，不知從哪變出許多人，他們高聲交談，彼此閒聊，或坐或站或蹲，好像一開始就在那裡，從沒離開過。這畫面看似很正常，如果忽略他們半透明的身軀的話。

「喂，曜日，這樣應該不太妙吧，我想我們還是趁他們發現我們之前快點回去吧！」

宮奈奈壓低音量，朝身旁的曜日靠過去，但對方一直沒回話，等抬起頭時，曜日已不在原地了。

「嗨！各位好！我是東區的土地神曜日，請多多指教囉！」

曜日爽朗地向那一大群非人者打招呼。

宮奈奈四處張望，然後一個閃身躲進榕樹的樹幹後方，同時豎起耳朵，觀察現場的動靜。

曜日語畢之後，現場頓時鴉雀無聲，原本和諧的畫面因為曜日的闖入而打破了平衡。

他們面無表情地直盯著曜日不放，本來人模人樣的面孔，卻在一眨眼間再次變回當初死去時的那種淒慘狀，可能是想藉此嚇跑曜日，但他什麼大風大浪沒見過，仍然是一派淡然，不為所動。

見這招對曜日起不了威嚇的效果，他們索性又變回比較正常的模樣。

這時，有人站了出來，是一個年僅十六七歲的小伙子。

「你說你是東區的土地神？」對方一出來，就先質疑曜日存在的真實性，擺明是在譏笑他。

「對，如假包換！」

「笑話！看你年紀跟我差不多，個頭也不高，會是土地神？」

他此話一出，其他年紀較輕的同伙也立刻跟著一起訕笑。至於年紀稍長的人都一臉困惑地看著曜日，不明白他會什麼會出現在此處。

曜日有點不服氣。「外表豈能作為判斷一個人的依據，更何況我是神！別看我這樣，我已經好幾百歲了！」

「是嗎，看起來實在不像啊。」小伙子搖了搖頭。

「不像。」他的同伙也跟著一齊高聲附和。

曜日雖然一臉不為所動，但從他眉毛抖動的程度和臉部微微抽搐的頻率看來，不用想也知道此刻肯定是氣炸了。

「那麼，」又有人出來發聲了，這回是一個六、七十歲的老頭。「身為東區的土地神，為何會出現在西區呢？」

「我有幾個問題想問你們。」曜日環視他們一圈。

「問題？」小伙子嗤之以鼻，「有問題不去問言夜大人，問我們也不一定能給你一個滿意的答覆啊。」

宮奈奈發現，他們在提到言夜時，都會自然而然地流露出崇敬的神情，像是將言夜當成偶像般崇拜。

言夜的確有種高貴不容侵犯的氣質。

曜日不喜歡言夜，當然不可能大剌剌地跑去找言夜問問題。就算真問了，難道對方就願意乖乖給答案？

當然不可能！

想必曜日本人也清楚這一點。「只是幾個簡單的問題，用不著勞煩西區的土地神出面。」

「那你想問什麼？我們可不是每一個問題都會回答。」一名妙齡女子接口說。

見他們終於肯釋出善意，曜日一時興起向他們介紹另外一位同伴。「我還有一位同伴，是我的代理人，叫宮奈奈！」

他們臉上都寫滿困惑。「我們沒看到有其他人啊？」

「咦，人呢？」

曜日四處張望，最後在榕樹後找到鬼鬼祟祟想一走了之的宮奈奈。

「喔，找到了！她在那邊！」

頓時無數視線聚焦在她身上，讓她成為全場最突兀的人。

死曜日！宮奈奈在內心不斷大罵著，你懂不懂得什麼叫低調啊！低調！即使不懂也不要隨便拖別人下水啊！

被點到名的奈奈，縱使萬般不情願，還是轉過頭來向他們打聲招呼。

「嗨，你們好！」

雖然他們並沒有像對待曜日那樣對她，讓她在一瞬間看見他們死前的淒慘狀，然而卻沒有人答話，氣氛變得十分詭異。

他們沒禮貌地上下打量著宮奈奈，似乎是在確認什麼，然後有人開口說：「她是凡人吧？」

他們一看到正值青春年華的高中女生，興致全都上來了。而且不只如此，因為對方可是活生生的活人，不像他們全都死透了，有的甚至還死了超過五十年以上，早就忘記活著是什麼樣的滋味。

他們這群人有男有女，有老有少，全都是他們死前的模樣。他們現在的樣貌，代表著他們是何時死去的，又有著怎樣不同的故事。

「想當初，我年輕時也是這樣清純可人吶！」一名中年婦人扶頰如此感嘆。

「最好是！大嬸清純可人的話，那我不就英俊瀟灑了！」有人馬上吐槽。

隨即是一片哄堂大笑。

「你給我住嘴！臭小子，我死的時候，你還在你娘的肚子裡沒出世咧！哪懂得什麼叫清純可人！」大嬸馬上回嗆。

「是、是！還真是失敬失敬！」那人笑笑地說。

感覺上他們就像是一個大家庭，生前是毫不相干的陌生人，死後卻在因緣際會下聚集在一起，感覺很微妙。

「啊，太陽快出來了！你們看！」這時，不知道是誰驚呼一句，成功地引起大家的注意。

原本灰濛濛的天空，太陽已經開始露臉，相信再過不久又會恢復成炎熱的午後。

他們快沒時間了，同樣地，曜日和宮奈奈的時間也不多了。

得抓緊時間問問題！

「你們曾經聽過柳顏樂這個名字嗎？」

他們彼此面面相覷，最後才終於有人說：「是那個十幾年前死掉的小女孩嗎？」

「對！你們認識她嗎？」宮奈奈的內心升起一絲希望。

搞不好能藉此摸清小女孩到底是什麼人！

「不太熟。」大嬸搖頭，「她很少在這邊出沒，就算碰到了也不會跟我們搭話，是個沉默寡言的孩子。」

其他人也搖頭。

「看來，從他們這邊是問不出什麼了。」曜日壓低音量跟宮奈奈咬耳朵。

正當他們無計可施的時候，不知道是誰說：「等一下，這個女孩認識她。」

然後，一名中學女孩被推了出來，身上還穿著準備上學的制服，不料當時還未進校門，就因為失控的貨車葬送了一條寶貴的生命。

「我的確認識她，她家就住在我家附近。」少女有點不太自在，囁嚅地說。

曜日點點頭，鼓勵她繼續說下去。

少女微偏著頭，努力回想她生前時的印象，但是已經過了很久，有些細節都記不清了，只剩下模模糊糊的影子。

「一開始我在這裡碰到她的時候很驚訝，但她似乎不記得我。雖然她的外表沒變，但整個人陰沉了許多，與她生前人見人愛的模樣大相逕庭。他們家在綁架案過後，就悄悄搬家了，也不知道搬去哪了。」

樂樂說過他們家曾經搬過一次家，新家同樣是在西區內，當時她並未說明搬家的原因。

「那凶手呢?他被抓到了嗎?」宮奈奈緊接著問。

「當初是凶手打電話自首的，原本可望能減輕罪刑，但最後他卻因為受不了良心的譴責，當天晚上就在看守所裡自殺了。」

這麼大的案件在當時應該造成了不小的轟動，奈奈卻沒讀過類似案件的相關報導。

聽到凶手自盡的消息，奈奈不敢置信地瞠大雙目，久久無法回話。

曜日接下發問的棒子。「她家裡還有沒有其他人？」

這次少女不再猶豫，很快地回答：「知道，除了父母之外，她還有個小一兩歲的妹妹。」

幾乎在她說完的同時，烏雲完全消散，刺眼的陽光穿透雲層將這個區域照射的透亮。

同一時間，所有的鬼魂都消失無蹤，再度回復成那個安靜無聲的公墓。

但宮奈奈明白，剛剛發生的事情絕對不是出於自己的想像。

第四則

土地神打起架來，不會輸給任何人！

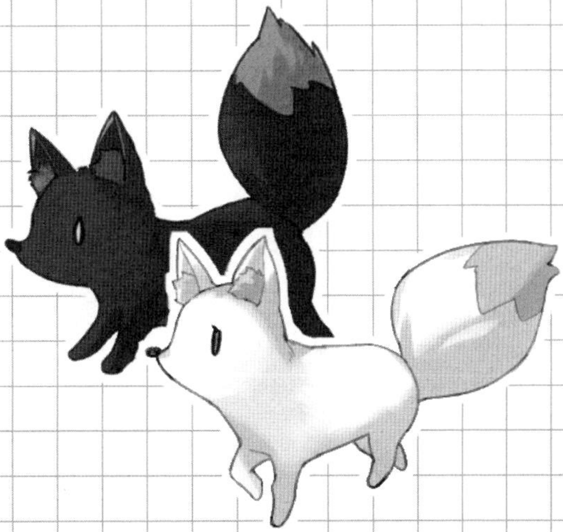

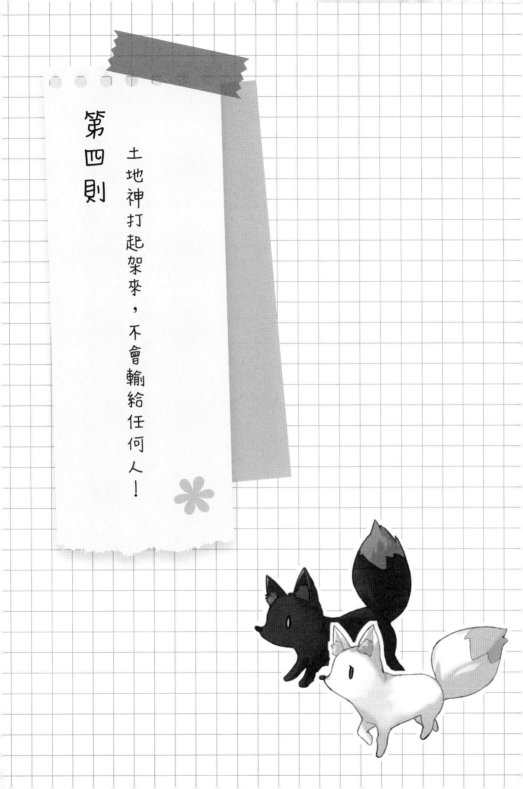

「總之，就是如此這般，我可沒有偷懶喔！」曜日如此說明他都跑去幹了些什麼之後，隨即換來白狐和黑狐不以為意的白眼。

「真的是這樣嗎，宮奈奈大人？」白狐向一旁的奈奈求證。

在曜日抗議為什麼不相信他的話之前，宮奈奈心不在焉地回應：「嗯，大致上是如此。」

從公墓回來之後，她就一直是這副心不在焉的樣子，也不知在想些什麼，曜日很識相地沒去打擾她，放任她慢慢煩惱。

今天的天氣很好，藍藍的天空、綿綿的白雲，氣溫舒適宜人，而土地廟附近依舊半個信眾都沒有。

總之，擇日不如撞日，白狐和黑狐決定來大掃除，順便去除多年來累積的穢氣，看看能不能從此揚眉吐氣、一展鴻圖，業績直直上升，成為四區之冠。

「門面是很重要的，這樣才能穩定客源。」

這是黑狐這小子不知從哪偷學來的名言，反正就這樣，大掃除開始了。

而曜日照例在一旁納涼，不打算幫忙的樣子。

白狐和黑狐全副武裝，將每一處都仔細地擦拭乾淨，連天花板的蜘蛛絲都親力親為地清理，完全不假於法術。

只見他們一會兒進一會兒出，將小房間的東西都搬出來攤在日光下，頓時塵埃滿天飛。

宮奈奈看著那一座推得像小山似的雜物，心裡嘖嘖稱奇，這幾百年來囤積的雜物真不是蓋的，這可是好幾百年的「垃圾」啊！

不過，有一點她不明白，明明白狐和黑狐又不是不會法術，為什麼不略施法術，讓大掃除輕鬆點呢。

「將法術用在這種事情上未免也太浪費了吧。」洞悉奈奈的想法，曜日說道。

曜日撐著手臂，側躺在圍牆上，看著白狐和黑狐辛苦工作的背影，好似這一切都與他毫無關聯。

「別忙了，坐下來歇息一下吧！」

幾乎是同時，白狐和黑狐停下身子，轉身道：「你以為這都是為了誰啊！」

曜日一時被罵得無語，而後像是要為自己辯駁般說道：「又不是我叫你們做的，怪我囉！」

「有時間在這邊碎念，還不快來幫忙！」白狐冷言。

「好吧。」宮奈奈嘿咻一聲起身，挽起袖子。「我也來幫忙好了！」

「不用了啦！宮奈奈大人休息就好！」

見白狐對宮奈奈的態度與對他截然不同，曜日心裡很不是滋味，忍不住抱怨：

「到底誰才是你們的主人啊！」

「當然是宮奈奈大人！」白狐和黑狐二話不說地答覆。

曜日啞口無言，奈奈現在是代理神仙，理論上來說也算是白狐和黑狐的主人……

可是，總有種不爽的感覺！

宮奈奈忽略此刻曜日臉上受傷的表情，拿著掃帚進屋，看看哪裡要需要打掃。

差不多整體清理完畢、東西也都妥善地放置好之後，他們也耗費了一整個上午的時光。為了感謝白狐和黑狐辛勞地工作，宮奈奈特地去買了知名蛋糕店的蛋糕來嘉勉一下他們。

「哇，是蛋糕！」白狐和黑狐興奮地掛在桌上看著精緻小巧的蛋糕，雙眼放光。

「這是不是七十五度C的蛋糕啊？」白狐突問道。

「哎，你也知道這家？」宮奈奈驚訝地反問。

「嗯。」白狐大力點頭，「我和黑狐巡視的時候時常看到這家店大排長龍，雖然想嚐看看，可是我們沒有凡人用的那種錢。」

黑狐不顧白狐還在說話，抓起一塊蛋糕就往嘴裡塞，然後幸福地瞇起雙眼。

「啊！好奸詐！」白狐不甘示弱地也抓起一塊蛋糕，不過跟黑狐豪邁的吃法不同，他選擇仔細品味。

「黑狐還可以再吃一塊嗎？」意猶未盡的黑狐如此央求道。

見黑狐手腳那麼快，白狐的那份雖然還沒吃完卻也說道：「我也要！」

來。

「當然可以！」

宮奈奈把剩下的其中一塊蛋糕平均分給白狐和黑狐，兩隻隨即幸福地吃了起來。

她拿起剩下的最後一塊蛋糕，走到曜日身旁坐下。

曜日見奈奈走近，從原本懶洋洋的側臥改為坐姿，將身旁的空間讓給奈奈。

「這塊是給你的！」奈奈將蛋糕遞出去。

「哼！我才不吃這洋人的玩意！」曜日非但沒有接下蛋糕，反倒像個賭氣的小孩般轉過頭去。

不吃就是不吃！

「你確定？」奈奈再詢問最後一次。

「我們神仙才不會有飢餓感，只是為了品嘗食物的味道才吃東西的，所以我才不懂言夜那傢伙——」

「好吧，那我就不客氣了！」不吃就算了，宮奈奈打斷曜日，緊接著就要把蛋糕送進自己嘴裡。

「等一下！」曜日把蛋糕一把從奈奈的嘴前搶救回來。「要我品嘗一下味道也不是不可以啦，只是嚐嚐看喔！妳可別誤會了！」

宮奈奈不知道曜日想強調些什麼，只知道當曜日將蛋糕送進口裡的那一剎那，臉上露出驚為天人的表情，但隨即又故做鎮定，裝出這也沒什麼的口吻。

「什麼嘛，其實也好啊，害我小小地期待了一下。」

「你說什麼就是什麼囉。」奈奈已經漸漸習慣曜日這種幼稚大男孩的性格。

嘖，真是不好的習慣啊！

「話說回來，奈奈，妳也太疼他們兩個了吧！」曜日忍不住有點吃味。

奈奈沒注意到，這是曜日第一次如此親暱的直呼她的名字。

以往都是妳啊妳啊，或是喊妳這個女人，現在他們的關係總算稍微有點進步了。

「幹嘛和他們計較？他們還只是小孩子啊！」

「小孩？有沒有搞錯！」曜日提高聲調，「他們兩個的年齡相加起來都可以當妳祖先了好不好！叫老爺子還差不多！」

「你該不會是在吃醋吧？」宮奈奈刻意斜眼看向異常激動的曜日。

「我？吃醋？」曜日簡直不敢相信自己的耳朵，「誰在吃醋啊！」

「那不然你反應幹嘛那麼大？」

「我、我只是怕那兩隻小鬼以後會爬到我頭上而已！」曜日高傲地將臉撇開，不敢正視奈奈的眼睛。

可惡！他到底在說什麼啊！這樣不就是此地無銀三百兩嗎！

但宮奈奈壓根沒在聽曜日說話，只是一臉若有所思，自言自語般地感嘆最近發生的一連串事情。

要是發生在以前，她連想都沒想過這世上竟然會有如此玄妙的事情。

「我真的很高興能夠遇見你們，如果不是你們，樂樂又不在我的身邊，我自己一個人肯定沒辦法面對。等這次的事情結束之後，我還能來找你們嗎？」

奈奈也不知道為什麼會說起這些，只是突然有感而發吧。

曜日一手搭上她的肩，但說的卻不是安慰之類的話語。

「放心，妳以後會經常來這裡報到的。」

奈奈不明就理地看著曜日。

而曜日則是一臉被打敗的表情。

「妳是真忘了還是在跟我裝傻啊！」奈奈依然滿臉困惑，曜日只好解釋道：「妳現在是我的代理人，等這次的事件順利解決之後，妳就必須完全代理我的職務，直到香火鼎盛為止，來！白紙黑字都寫在上頭了，妳可別想抵賴！」

曜日的手上突然多出一張不知從哪變出來的紙，那是一張契約書。

宮奈奈從他手中接過一看，不可置信地瞪大雙眼。

她完全不記得有發生過這種事，她原本以為只是「暫時」代理，可沒說直到香火鼎盛為止！

有嗎？他有說嗎？

更何況，她完全不記得他們之前有簽過什麼同意書，難道是擁有神紋的那一次？

現在宮奈奈的表情簡直可以用悲慘二字來形容，剛剛說的話完全被拋向腦後。

她改變心意了！方才說的都不算數！

她現在一點都不想看到曜日那個奸笑的嘴臉！絕對！

「來，請用茶。」坐在宮奈奈對面的是一位氣質優雅，長相與柳顏樂有幾分相似的婦人，她正是樂樂的母親，此時正困惑地看著獨自前來拜訪的宮奈奈。

伯母並不是不認識奈奈，只是疑惑她挑在此刻前來的理由。

樂樂還躺在醫院不醒人事，病情每況愈下，所以宮奈奈必須抓緊時機，上門來詢問一直縈繞在心頭的問題，沒想到正巧遇上回家一趟收拾樂樂衣物的伯母。

宮奈奈為了能夠順利進入樂樂家一探究竟，掰出一個連她自己都認為爛到不行的藉口。

「你們班那麼早就要製作畢業紀念冊了？才高二耶。」

「對啊，先製作一部分。所以才先跟您要相簿，看看有沒有什麼照片可以用。」

等到奈奈在客廳的沙發上坐好之後，她才又一次體會到這藉口有多牽強。

雖然伯母半信半疑，還是走入房間，等出來時手中多了本相冊。

宮奈奈按捺不住興奮的情緒，一接過就馬上翻開，映入眼簾的是樂樂幼兒時期的照片，接著是國小、國中，再來是高中比較近期的照片，偶爾會見到一家三口的幸福全家照。

不過，這就是問題所在，到處都見不著小女孩的身影，好似她的存在已經被這個幸福的三口小家庭無情地抹消了，彷彿她打從一開始就不存在。

「伯母，冒昧問您一個問題，您真的只有一個女兒嗎？」

「什麼？」伯母不解這個問題跟相片有什麼關連，「妳這話是什麼意思？」

「我的意思是，樂樂難道沒有姐姐之類的？」奈奈試探地問道。

「我不懂妳在說什麼。」伯母的笑容僵在臉上，看得出來非常不自然。

「十幾年前那樁綁架案的小女孩——」

「妳的想像力未免太豐富了。」伯母面無表情地打斷宮奈奈，「如果妳想挖別人家的隱私的話，我可以告訴妳，我只有樂樂一個女兒！」

「伯母，妳誤會了，我沒有想挖掘別人家的隱私，只是——」

「時間不早了。」伯母不假辭色地趕人，「我還要趕回去醫院照顧樂樂，妳請回吧！」

看到伯母強勢的態度，奈奈只好起身走人，然後趁著大門關上之前回身說：「我知道您另一個女兒現在在哪裡，如果您改變心意的話，請到東區的土地神廟，我會在那裡！」

接著，大門就當著奈奈的面毫不留情地關上了。

也不知道伯母真的會依言過去嗎？

現在也只能祈求上天保祐了！

「所以，妳就被轟出來了？」

現在是傍晚六點，宮奈奈的雙親難得今天都在家，讓她不用背負照顧兩個小蘿蔔頭的重責大任。她隨便找了個藉口就溜了出來，與曜日兩人坐在廟外的石椅上，一邊吹著徐徐的微風，一邊跟他解釋今天發生的事情。

「不是轟，我是自己『走』出來的好嗎！」宮奈奈不悅地皺眉，糾正曜日的說法。

「隨便啦。」曜日顯然不在意這種小事，然後改變了話題。「妳覺得她會來嗎？」

「誰？」宮奈奈一時沒反應過來，傻傻地問了一句。

「就妳那個朋友的母親啊。」曜日沒好氣地說道。

「說實話，我也不知道。」宮奈奈一點把握都沒有。

或許真有兩個同名同姓的人的存在，而一切都真的只是巧合也不一定。那麼她先前的推測就全部都翻盤了，一切會再次回到原點。

「好吧。」曜日也不知道該說什麼，伸手抓亂自己那頭過長的頭髮。

宮奈奈順勢接住一綹略長的髮絲。「你的頭髮是不是又變長啦？」

神仙還需要定期修剪頭髮的嗎？

「真的耶！」曜日也抓一束自己的頭髮細細檢視，最後無奈地表示：「可能是因為神力衰退的關係，連頭髮的長度都控制不了了。」

「要不然我幫你剪頭髮好不好？免費喔！」宮奈奈突然興致高昂地提議。

即使奈奈這麼說，曜日還是看起來依舊興趣缺缺。「就算妳給我錢，我也不要！」

「沒關係啦，我幫你修剪嘛！很快就好！」

「不、不用了啦！」曜日抽回奈奈手中的髮絲，同時離她遠一點，保持安全距離，以免宮奈奈突然衝過來一把剪了他的頭髮。

「你害怕剪頭髮？」真是看不出來！

「才不是咧！」他並不是害怕，只是單純地不喜歡罷了！

「話說回來，」宮奈奈突然想到，「你跟小女孩打起來的話，誰會贏？應該是曜日吧，畢竟你好歹也是個神仙。」

「欸欸，什麼叫好歹！妳搞清楚，我可是比言夜還要強上好幾倍！」曜日不服氣地抗議，可是在奈奈聽來，比較像是打腫臉充胖子。

「真的？」奈奈一臉不信地挑眉。

「真的！不過那是以前。」曜日說著又補上一句。

說實話，他還真的沒想過這個問題，換做是以前，勝率肯定是百分百，沒有一百的話也會高達九十九點九。

但現在，靠著這副瘦弱的身軀，恐怕連五十都達不到，在他又不想討救兵的情況下，看來到時候也只能那麼做了。

「那，到時候——」宮奈奈一臉擔憂。

「即使法術贏不過對方，但論打架的話，土地神可未必會輸喔！」彷彿為了加強話中的真實性，曜日漾起一抹開朗的笑容。

宮奈奈試著想像了一下小女孩跟土地神打架的場面，怎麼想都有點奇怪。

「有人來了！」曜日突然出聲示警，轉頭盯著那一片伸手不見五指的黑暗。

現在天色已暗，宮奈奈看不出來有什麼人待在那邊，而曜日語畢後也不知道消失到哪裡去了。其實沒那個必要，反正對方也不一定看得到他。

接著奈奈看清楚了，路燈下站了一個人，身形、樣貌都與樂樂十分相似，想當然此刻正躺在醫院的樂樂不可能趕到此處，這人就必定是——

「伯母！」

等伯母在宮奈奈面前坐定後，她才相信眼前出現的人並非自己憑空想像出來的。

「伯母，您終於相信我了是嗎！」一時之間，宮奈奈感動得熱淚盈眶。

但伯母的反應卻不似奈奈熱絡，十分冷淡地說：「我並沒有完全相信妳，所以才希望妳能給我一個說法。」

「是！我明白了！」奈奈抬手拭去眼角溢出的淚水，然後深吸一口氣，將事情的來龍去脈全盤托出。

從樂樂撿到那個詭異的吊飾開始，到遇見小女孩的怨魂，以及最近才發生的插曲，曜日的部分則是略過不提。

她可不想自找麻煩，或被人當成瘋子。

伯母聽完之後，手指緊抓住包包，彷彿在壓抑著什麼，用力到指節泛白，她似乎終於有點情緒波動了。

「妳真的見到那孩子了嗎？」伯母顫聲問道。

「是的！」宮奈奈挺直腰桿，除了回答是之外，她也想不出來應該說些什麼。

伯母看到宮奈奈一臉不像在開玩笑的表情，似乎終於相信了，表情逐漸軟化下來，身體也不再那麼緊蹦，整個人看起來很疲憊的樣子。

「那孩子過世之後，我們夫妻倆因為太思念她，整日陷入悲傷之中。但日子終究要過，我們把小女兒的名字改成樂樂，用她在世前的所有物品，但光是這樣還是不夠。有時我天真地以為她還在這個家，還是家裡的一分子。」伯母彷彿陷入多年前的回憶，雙眼失神地望向遙遠的彼方。

宮奈奈沒出聲，只是在一旁默默等著伯母從思緒中回過神來。

「所以呢，妳希望我怎麼做？」伯母終於將視線對焦在奈奈的身上。

宮奈奈說出準備已久的話：「請伯母等等跟我們一起到醫院去探視樂樂。」

「我們？」伯母皺著眉頭。

不小心說溜了嘴，宮奈奈輕咳一聲，糾正道：「我是說『我』！」

晚上八點，奈奈已經事先打電話報備過說今天會晚點回家，現在跟伯母站在樂樂的病房外頭。這次，罕見地連白狐和黑狐也跟過來了。

曜日當然不例外地也在場，他似乎不怎麼在意廟裡目前正在唱空城計，還堅持無論如何白狐和黑狐也要一起同行，說是需要用到他們的力量。

但具體來說是什麼，曜日卻只是神祕一笑，之後什麼都不肯透露。

門一推開，首先映入眼簾的是醫院那一貫純潔無瑕的白色空間，耳邊是儀器傳出的穩定嗡嗡聲，鼻子則因為過重的消毒水味而吃不消，放眼望去沒見著小女孩的身影。

正當奈奈急著找人的時候，門卻在他們身後用力甩上，再回過身時，小女孩已經現身，彷彿她一直以來都在原處，哪裡都沒去。

小女孩百無聊賴地看著他們這一票人，曜日和奈奈她先前就見過了，她看到白狐和黑狐時，也略顯出厭惡的樣子，不自在地扭動身子。最後小女孩才將視線停留在樂樂的母親身上，嘴巴張了張，好半晌說不出話來。

樂樂的母親看不到小女孩此刻的表情，甚至不確定小女有沒有現身，但仍舊是壓低音量著急地詢問：「那孩子呢？她在這裡嗎？」

「她就在妳的面前！」宮奈奈指著一處這樣告訴伯母。

伯母只能對著大略的位置說話：「樂樂，妳在這裡嗎？我是媽媽啊！難道妳忘記我了嗎？」

小女孩彷彿遭受到巨大的雷擊般身子一震，不由自主地往後退。「走開！我不想看到妳！快叫她給我滾！」意識到伯母根本聽不到她說話，她轉而對奈奈怒吼。

看到宮奈奈不太贊同的表情，伯母又問道：「怎麼了？她說了什麼嗎？」

總不可能一字不漏地轉達吧……

奈奈盡量委婉地表示：「她說她目前不想看到妳。」

伯母一副大受打擊的模樣，絲毫不能理解。「為什麼？」

別說伯母，宮奈奈也想知道為什麼，這不是女兒會對母親說的話，更何況還是已經過世的女兒，對親人的思念應該會讓她很想再見到母親一面，難道不是這樣嗎？

小女孩吸吸鼻子，彷彿想要哭訴什麼，用盡氣力將一切道來：「我死掉之後有回家一趟，想說見你們最後一面之後就回到自己應該去的地方。但是等待我的卻是一棟空蕩蕩的房子，沒有人在那裡等我。你們搬走了，彷彿想把發生過的一切都抹煞掉，但有些事情，發生了就再也不可能回到當初的時光了。

「之後我在外面飄盪了好幾年，終於讓我再次找到了你們，但你們卻把妹妹的名字改成我的，好像這樣她就可以完全的取代我，你們就可以完全忘記我的存在！所以我下定決心要將她從你們身邊奪走！」小女孩說到激動處，聲嘶力竭地哭喊，然後紅著眼眶瞪著宮奈奈。

奈奈嘆了一口氣，轉身將小女孩的話稍做修飾再轉告伯母。

她現在儼然成為了她們母女之間的溝通橋梁。

她也不想這樣啊……

「不是的！我們從來沒有忘記過妳！」

「騙子！大人全都是騙子！」她現在簡直就像個對母親無理取鬧的小女孩。

曜日首先注意到苗頭不對，立刻一個箭步上前，擋在奈奈她們身前。就在這個時候，整排的窗戶應聲爆裂，現場頓時一片狼藉。宮奈奈的身上都是被炸碎的玻璃碎片，但幸好曜日察覺先機，她們才能安然無恙，頂多只有一點小割傷。

「奈奈大人，您沒事吧！」白狐趕緊上前將跌坐在地上的奈奈扶起。

「這、這到底是怎麼回事？窗戶怎麼……？」伯母一臉驚魂未定地起身，看來還搞不清楚狀況。

「唔，我沒事！」奈奈將灑落一身的玻璃碎片拍掉。

「別擔心，現在就看曜日大人的吧！」黑狐在一旁冷靜地說道，很清楚接下來要怎麼做。

奈奈看著曜日。雖然完全不知道他想幹嘛，但從目前的狀況來看，也只能選擇相信他了。

「我說妳啊，這樣對待媽媽，不太好吧！」曜日緩步上前，宛如一個大哥哥在訓誡妹妹。

「這不關你的事吧！你只是一個小小的土地神，做好自己分內的事情就夠了！」小女孩陰沉地說道，「我奉勸你少管別人的家務事！」

曜日略顯驚訝地抬起一邊的眉毛。「妳知道我是誰？」

「早在第一次見面時，你身上的氣就已經出賣了你的身分！」

曜日輕輕一笑。「既然妳知道我是誰，那就好辦了！」

「你以為憑你那半調子的法術能阻止得了我嗎！」

「我不是來阻止妳，我是來談判的！」從曜日認真的語氣聽來，絲毫沒有開玩笑的成分在。

「談判？」小女孩危險地瞇起眼。

「對，談判！」曜日再強調一次。

「我跟你會有什麼好談的！」小女孩冷言。

「有！我們能談的可多了咧！」曜日展現自信的笑容，彷彿手裡握著什麼強而有力的籌碼，知道自己絕對會勝出。「比方說，妳想要什麼才會答應放過她們也放過妳自己！」

「如果我說，我想要她們永遠跟我在一起呢？」小女孩黝黑的眼睛變得更加深沉，彷彿兩個黑洞。

「妳別再執迷不悟了。」曜日輕輕地搖了搖頭。

「哼，這句話是我要跟你說的吧！離我遠一點！」小女孩詭異地笑了。

「唉呀，這麼快就談判破裂了啊，我都還沒進入到重頭戲呢！」曜日狀似無奈地抓抓頭髮，然後頭一偏。「喂，奈奈妳們快往後退，白狐、黑狐！」

「嗯！」奈奈應了一聲，小心翼翼地拉伯母退至安全的範圍內，而白狐和黑狐則是前進一步，一左一右地守在曜日的身側。

「我有沒有告訴過妳，小看我可是會吃悶虧的喔！」曜日擺好戰鬥架式。

「是嗎。」小女孩看起來一點都不緊張，還刻意以童音甜甜地回答，眼底卻充滿了殺意，令人不寒而慄。

曜日唰地抽出兩張符紙灑向半空，符紙爆出一陣白光，待白光散去之後，符紙的殘骸都成了大大小小的五芒星印，緊緊攀附在牆上或地上，密密麻麻地串連，形成一個密閉空間。

「這樣戰鬥起來，就不會因為有所顧忌而無法使出全力了！」曜日看來是認真的。

「哼，多此一舉！」小女孩對這做法感到十分不以為意。

「這、這是什麼啊！」伯母突然驚呼一聲，捂著嘴不可置信地看著眼前的景象。

「難道，伯母妳看得見？」

難道是因為站在五芒星陣上的緣故，所以才會導致一般人也能看得見？對此曜日沒有多做說明，奈奈也不敢因為這事而去打擾他。

「那孩子，跟她在世時一模一樣呢！」伯母看著小女孩的方向，發出一聲嘆息。

「伯母，她已經不是當初——」奈奈說不下去，如果時光可以倒流，那麼就不會發生那麼多令人遺憾的事情。不過，或許她也因此無法遇到曜日……

曜日的手臂一翻，掌心頓時出現一把長劍，劍身金光流動，耀眼奪目。

「白狐、黑狐！」曜日一喝。

白狐和黑狐應了一聲，搖身一變，變回了最初的形態——狐狸。

接著，彷彿被劍本身給吸引一般，雙腳一躍，融入了長劍當中，變成了劍身上的狐狸刻紋，一左一右占據整個劍身，使這把看似普通的劍，華麗的程度瞬間提升了不少等級。

「呵呵！」小女發出一陣笑聲，但聲音全無暖意。

她等著看曜日如何對付她。

毫無預警地，小女孩撲上前，黝黑的指甲長得嚇人，曜日身子一側避開了她的攻擊。

「我不想傷害妳，我再給妳最後一次機會，放手吧！」

曜日的樣子看起來怪怪的。

「你難道忘了，我早就死了嗎！看招！」

小女孩一個指令，原本散落一地的玻璃碎片突然有了生命，化作利刃直直地朝曜日飛過去。

曜日舉起劍，輕輕地往空中一劃，這波攻擊就被輕易地化解掉了。

玻璃碎片掉落的聲響此起彼落。

「這把劍是神器，被擊中的話，哪怕只是輕輕碰到，都可能會魂飛魄散！」

「那又如何！反正在這個世界上也沒有人愛我！」

小女孩看起來已經豁出去了。在這個世界上，既然不存在著思念她的人，那麼她也沒有存在的必要，即使是作為鬼也一樣。

「既然如此，就別怪我手下不留情了！」曜日集中精神，長劍發出的光芒比剛才還要強上好幾倍。曜日真的如他所說的，不打算放水。

難道，他真的想要——

宮奈奈想要阻止，可是在緊要關頭，她卻猶豫了。

「住手！」

喊出聲的不是奈奈而是伯母，她二話不說地衝過去，一把抱住小女孩讓曜日的劍揮砍到她身上，曜日已經無法打住揮劍的動作，就這麼砍了下去。

但伯母毫髮無傷，劍在碰觸到她的那一刻並沒有發揮作用，光芒也因此黯淡了下來，似乎這把劍對凡人無效。

小女孩被抱得很緊，她不斷掙扎扭動，還是無法逃離母親的懷抱。

「妳不要再這麼說了！妳永遠都是我的孩子！永遠都會有人思念妳，所以不要再傷害自己了！」

伯母連頭都沒抬，或許是不想讓任何人看到她此刻早已淚流滿面的臉。

「騙子……大人都是騙子。」

小女孩呆愣地站著，口中不斷重複那句話，但語氣已經沒有先前強硬了。

小女孩的心動搖了。她眨了眨眼，眼睛不再像之前那般黝黑深沉，變得清澈明亮，渾身散發出的黑氣也逐漸減少。雖然她還是半透明的，但看起來幾乎跟活著的時候沒有兩樣。

「媽媽……」小女孩艱澀地開口，彷彿這句話太久沒說，都變得生疏了。

伯母聽到這句話之後，終於抬起滿是淚痕的臉，紅著眼眶慈愛地看著小女孩，然後緩緩鬆開她。

「對不起，如果那一天我早點到學校接妳，也許就不會發生這種事情了。」這次伯母流下的是悔恨的淚水，或許這些話憋在她心中已經有好多年了，期許著總有一天能對小女孩說出口。

小女孩輕輕拭去媽媽的眼淚，宮奈奈看得出來，她已經不在意了。

「沒關係，事情既然已經發生了，那任誰都無力挽回，就讓一切都過去吧。」

「可是——」伯母還是過不了自己心中的坎，無法說放下就放下。

「我要走了，媽媽。我留在這個世間已經太久了，不走不行，妳要好好照顧妹妹喔！」

「我、我明白了！」伯母哽咽，看得出來她仍然捨不得小女孩，但強顏歡笑，希望能夠笑著送她最後一程。

「媽媽，那我走了！」

「慢、慢走！」

小女孩走到窗邊，然後轉身看著奈奈和曜日，眼神已經不再像先前那般狠毒。

「對不起，我先前對你們的態度很差！」

豈止是態度很差，根本是恐怖好不好！宮奈奈默默在心裡吐槽。

「既然知道了有人會思念我，那我也不再對這世界感到留戀了，是時候該走了！」小女孩繼續說著，對他們投以感激的眼神。「這次，真的很謝謝你們為我所做的一切！」

「好說好說！記得別再迷路了唷！」曜日揮了揮手，當作把她的道謝都接下了，順帶提醒她一句。

「嗯，不會的！」小女孩靦腆地笑了。

當話語聲落下，小女孩從敞開的窗戶一躍而下，轉眼間消失無蹤。

這件事就這麼平安落幕了，來得快去得也快，宮奈奈回想起整個過程還是有種不真實感，忍不住伸手狠狠地擰一下自己的臉頰。

「啊，好痛！」她摸著迅速紅成一片的臉頰這樣說道。

「妳又在幹嘛啊？」

曜日已經把劍收進寬大的袖子內，白狐和黑狐也和劍體分開，此時正準備從醫院離開，打道回府。

「那，伯母呢？」她指著心情尚未平復下來的婦人，一時拿不定主意。

「讓她一個人靜靜吧，一切都會雨過天晴的。」

曜日說完這句話之後，隨即像是不想久待似地抬腳往醫院大門口移動。

宮奈奈見狀趕緊跟了上去。

小女孩離開後，沒人知道她去哪了，但奈奈相信她一定是找個好人家投胎轉世去了。

而樂樂的身體復元得很快，不出三天就可以活繃亂跳，連醫院都直呼奇蹟。畢竟本來性命垂危的病人，竟然能在一夕之間恢復得跟常人沒兩樣，任誰都不敢置信。

至於當事人，在撿到吊飾之後的事全都不記得了，只覺得自己睡了好長的覺。樂樂還是保留著那個吊飾，她說她覺得它跟她似乎有某種說不上來的連繫，還有一種親切感。

伯母對於那天的事情也全然不記得了，雖然似乎保留著對小女孩的那部分記憶，不過對於曜日、白狐和黑狐他們卻都一概不記得了。

神仙的法術有時還真方便啊。奈奈嫉妒地想。

總之，算是了結了一樁心願。

第五則

土地神即使改變外貌，本性還是不變！

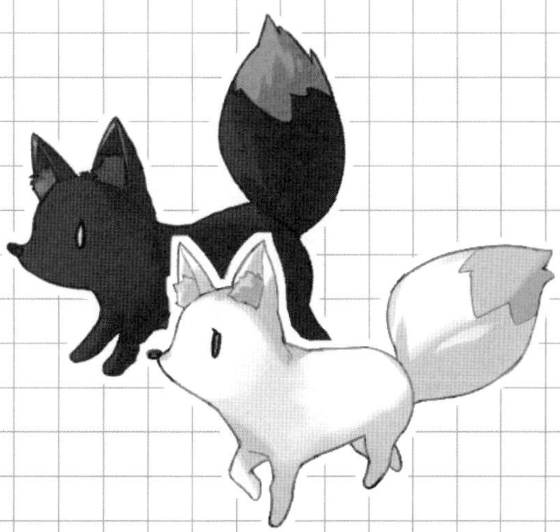

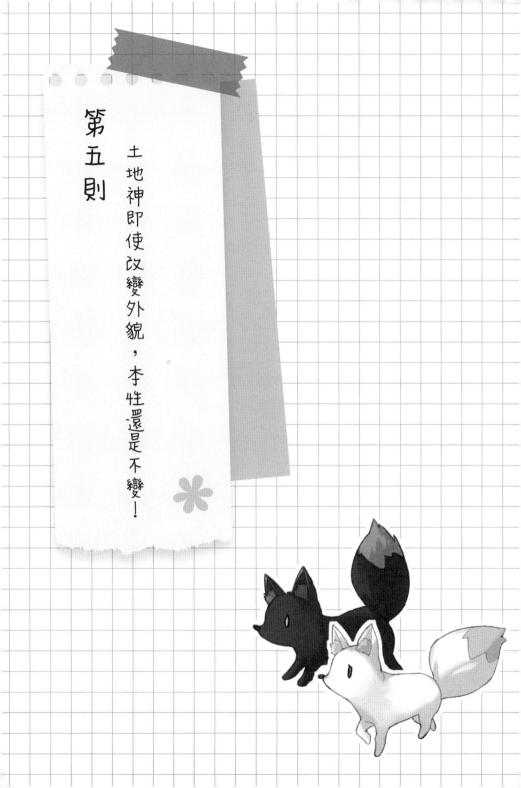

今天，發生了一件不得了的大事。

曜日不見了！

「曜日大人，您快出來！別再玩捉迷藏了！」這已經是白狐第十二次檢查香灰爐的底部了。

「我想再怎麼樣，他都不會躲在那邊吧！」奈奈無力地說道，而後嘆了一口好長的氣。

今天是週休二日，宮奈奈終於換下制服，穿上一身輕便的裝束出現。她一路上腳步輕盈，來到人煙稀少的小徑上那座平時絕對不會有人路過的土地神廟。

結果沒有如願見到曜日，還得知他失蹤的消息。

白狐和黑狐都沒有注意到他是什麼時候偷溜出去的，正焦頭爛額地四處尋找，快把整座小廟給翻了過來。

「他偷跑出去也不是一次兩次的事了，幹嘛那麼大驚小怪？」奈奈以單手拖腮，一點都不覺得緊張。

白狐猛地搖頭。「以往，曜日大人都會告知我們一聲，可今日卻——」

「一聲不響地走了。」黑狐幫忙把話接下去。

「也許他去開什麼土地神的共同會議了？」宮奈奈幫忙出主意，雖然話出口連她自己都不怎麼相信。

「不可能！大人最討厭那種場合，平時開會都是由我們代勞！」白狐馬上就反駁了這項猜測。

「那又或者，他跑去神界了？」還是要說天庭？

如果是一個月前的宮奈奈說出這般話，肯定會取笑自己想像力太豐富，但是現在她不論見到什麼，都能以平常心面對了。

真是驚人的成長。

「那也不可能！」這回換黑狐否定，「除非是玉皇大帝緊急召喚，不然大人才不會沒事上去那裡！」

「好吧，我看你們還是去報警好了！」宮奈奈已經無計可施了。

曜日有失蹤二十四小時了嗎？話說警察大人會協助幫忙尋找失蹤「神」口嗎？不過能不能看到白狐他們順利備案還是一大問題就是了。

「報警是什麼？」黑狐一臉疑惑地問一旁的白狐。

白狐見多識廣，肯定會知道報警是什麼！

白狐偏頭想了一下。「是指跟衙門報案嗎？」他一臉認真地問向奈奈。

衙門是古代幫忙處理民眾報案的大小事宜的官方窗口，也就是古代的警察局。

「類似啦。」奈奈這樣回答。

「萬萬不可啊！」沒想到白狐聽了奈奈的回答，一臉驚恐地大喊。

「所以啦，我也只是隨口說說而已！」宮奈奈以為白狐跟她想到同一個方向去了，所以出聲安慰他。

但沒想到對方非但沒有聽進去，還陷入恐怖的想像當中。

「我記得，衙門裡的人都很恐怖，每個都凶神惡煞的！最令人害怕的就是他們的老大，一個臉很黑，額頭上還有月形疤痕的傢伙！」白狐說著，都快因為驚嚇過度而昏過去了，黑狐趕緊上前攙扶住他。

嗯，我也知道，那個老大旁邊還跟著展昭、公孫先生、王朝、馬漢等人，不就是開封府的包青天嘛！宮奈奈還是有那麼一點常識在的。

「奈奈大人，我先扶白狐進去休息！」黑狐表示道。

白狐整個人虛脫地掛在黑狐身上，搖搖欲墜，在宮奈奈還沒來得及問清白狐那麼害怕包青天的緣由之前，他們就進廟裡去了。

這時，意外地響起了腳步聲，這對向來人煙稀少的小徑來說非常不尋常。

下意識地，宮奈奈想找個地方躲藏，但隨即又想起自己沒做錯任何事情，為什麼要這麼鬼鬼祟祟？於是她又坐回石椅上，強自鎮定地等著對方與自己錯身而過。

反正一定是住這附近的人，沒什麼可怕的！

宮奈奈如此再三安慰自己，雙腳還是不爭氣地抖個不停。

結果沒想到，那人的腳步頓了頓，朝奈奈走來。

「嗨，妳一個人嗎！」

光是這句老掉牙的搭訕台詞，就足以證明對方並非善類，而是個貨真價實的變態！

奈奈從椅子上跳起來，先與對方拉開安全的距離，才敢偷眼打量對方，以免他有什麼不良舉動。

對方似乎是與她年紀相仿的男生。不，或許比她大上一、兩歲也不一定！他的皮膚白皙，眼尾上揚的眼睛不時透露出戲謔的味道，笑起來的時候彷彿有一陣清風吹過，是等級滿高的帥哥。

不過，即使是帥哥又如何？奈奈依然不為所動，因為變態就是變態！再怎麼帥，都改變不了他是個變態的事實！

「我、我不認識你吧！」奈奈不動聲色地說，盡量避免激怒對方。

但那男生只是一臉饒有興致地猛盯著她瞧。「我真的有變得那麼多？」他好笑地說道。

變態守則一是隨意搭訕；守則二是盡量跟對方裝熟，而且自以為是地說一些會讓對方誤以為真的認識你的話，這一招叫亂槍打鳥！

她相信很快他就會連他是她小學同學都搬出來講了！宮奈奈才不吃這一套咧！

「我非常確定我不認識你！你別再過來了！」

奈奈邊說邊往後退，直到背部抵上冰冷的牆面，才改變戰略往旁邊挪動，最好就一直移到廟裡！

但是才跨出一步，奈奈一個沒踩好，腳踝一拐就要往旁摔去，而且還是正面朝下的那種摔法。

沒摔得鼻青臉腫就該偷笑了，奈奈也不敢奢求摔得好看、優雅一點！這世上最糗的事情莫過於在變態面前摔個狗吃屎了！

但奈奈卻摔進一個強而有力的懷抱，才剛抬起眼，就直直地望進那雙此時帶著玩味的眼睛。

宮奈奈想掙脫，對方卻把她抓得更緊，讓她無處可逃。「喂，妳是真的不認識我嗎！」

「變、變態啊！」宮奈奈這麼一大叫，對方的守備頓時鬆懈。

神紋感應到主人紊亂的情緒竟自行發動，男生立即被這股力量震得飛了出去，倒在地上一動也不動，完全攤平，看來是昏了過去。

「發生什麼事了？」

被奈奈的大叫嚇得跑出來一探究竟的黑狐，一出來就看到這副景象，頓時啞口無言。

「變、變態！」奈奈一臉泫然欲泣，顫抖地指向倒在地上不醒人事的男子。

黑狐上前查看男子的安危，但一看到那人的長相，驚呼了一聲：「曜日大人！」

曜日？等等，他是曜日?!宮奈奈當場愣在原地。

「曜日大人，快醒醒啊！」黑狐著急地搖晃躺在地上的男子。

曜日總算醒了過來。「黑狐，是你啊，對不起，我先走一步了！」隨後兩眼一翻，又昏了過去。

「大人！您可別死啊！」黑狐哭得可傷心了。

「這兩人又是在演哪一齣？」

白狐冷不防地出現在奈奈身旁，看起來一點都不擔心曜日的安危。

看到白狐出現，奈奈彷彿看到了救星。「白狐，我的神紋之前都不會任意發動，怎麼今天卻擅自發動了？」

「那是因為曜日大人的力量增強的緣故，您還記得您第一次來廟裡許願的內容嗎？」

「記得！」

「這次的事件解決之後，您跟您的朋友也和好了吧。所以您算是我們的第一位信眾，土地神的力量來源取決於信眾的多寡，曜日大人恢復了一部分的力量，在長相上也變得成熟許多，難怪您認不出來！」最後，白狐意有所指地瞟了奈奈一眼，挖苦的意味濃厚。

「呃……」奈奈尷尬地刮刮臉頰。

不遠處，黑狐和曜日還在上演「您別死啊！」的戲碼，似乎玩得很開心。

但白狐可沒他們兩個那麼好的興致，冷冷地出聲打斷這齣鬧劇。「如果再不起來的話，工作的分量只好乘以雙倍，別想逃！」

話尾的餘聲還未落下，曜日就馬上從地上彈起，看起來一副生龍活虎的樣子。而黑狐則是被唬得一愣一愣，不明白怎麼快死的人因白狐的一句話就馬上活了過來，接著才反應過來自己被曜日捉弄了，頓時覺得懊惱不已。

「來，拿去！」白狐走到曜日身前，將一疊公文交到曜日手中。

「這是什麼？」曜日隨手翻看，卻沒有想認真閱讀的意思。

「這是過幾天要召開的四區土地神共同會議的資料。」

「誰說我要去了！」曜日還是一副滿不在乎的樣子。

「這可不行！」白狐冷笑，「北區土地神說了，要是您這次再缺席，就要上天庭去秉告玉皇大帝！」

「什麼！這傢伙居然給我來這一招！」

宮奈奈此刻才深深覺得，白狐根本才是最後大魔王，以遊戲來比喻的話，就是最後才出場的終極 boss！

曜日現在急得如熱鍋上的螞蟻。他最討厭出席這種場合了，另一方面他又不想去面見玉皇大帝，在來自兩方的雙重壓力之下，他想到了一個法子。

一個絕佳的辦法！而這辦法的關鍵就在於——

宮奈奈。

曜日拉住奈奈的手。「只要是『東區』的土地神出席就可以了吧。」

在白狐和黑狐來得及反應過來之前，拜神力所賜，她就已經知道他想做什麼了。

「你不會是想要——」

「妳覺得呢？」

「希望不是我所想的那樣。」奈奈心中的警鐘從剛剛就一直響個不停。

「妳應該沒有忘記妳是我的代理人吧？」曜日嘿嘿賊笑。

很好，宮奈奈剛才的確又「再度」忘記了。

「我記得你們凡人不是有句話是這樣說的嗎？君子一言駟馬難追，答應別人的事情就要做到，沒錯吧？」

「我、我知道了啦！」奈奈悶悶不樂地回應。

如果要盡快解除代理人的職位，就勢必要讓小廟恢復以往的香火鼎盛，但這一天要等到何時才會到來啊？

為了那一天快速到來，在未來的每一日，奈奈都必須努力奮鬥，但怎麼還是有種上了賊船的感覺。

就算個子變高、長相變帥，骨子裡的本性還是一點都沒變！

想必，宮奈奈的代理神仙一職將會多災多難！

宮奈奈的好心情全被曜日破壞殆盡了。

稍晚，她拖著疲憊的步伐回家。早上出門時，明明兩手空空十分輕閒，誰知回到家時，手中卻多出了一大疊的公文。

是四區土地神共同會議的開會資料。

裡面詳細記載著各區的大小事件，就連微不足道的小事件也能在裡面找到。後面還有建言，教你如何降低各區的犯罪率，進而改善人民的生活品質。

宮奈奈越看是越嘖嘖稱奇，一邊暗自佩服起神仙真是神通廣大，這種事也能知道？一邊感嘆起神仙難當，幾乎沒什麼不管的。

要不是她現在是代理神仙，換作以前，這個世界基本上與她八竿子都打不著邊。

白狐說過，共同會議的時間是在兩天後，地點由於每次都不同，目前還無法確定。

曜日那傢伙是無法指望了，一聽到共同會議四個字就逃之夭夭，根本沒法好好坐下來談。幸好還有白狐他們，光是聽到他們會陪同前往，就讓奈奈安心不少。

還有一點讓她擔憂，不知道南區和北區土地神分別是怎樣的人？好相處嗎？個性又是如何？

言夜她先前就見過了，而且還算是熟識，南區和北區對她而言就很陌生。不如去問問看言夜，說不定能從他口中探聽出另外兩位土地神是何等的大人物。

不、不行！這個提議隨即就被奈奈自己搖頭否絕掉了。人家畢竟貴為西區的土地神，平日的公務肯定不比東區少，這點光看土地廟的占地範圍就略知一二了。

想來，人家平日裡有好好打點自己的一切大小事務，更何況還有兩位看來如此能幹的使神，才能幹到今天這種規模！

相較之下，曜日的那座小廟實在是小蝦米拚大鯨魚，微不足道！

宮奈奈打消去找言夜的念頭，即使人家真的有空，肯撥出點時間來回答她的每一個問題，她也會因為自己拿這點小事來打擾他而感到內疚不已。

這麼說起來，似乎沒有看過言夜生氣的樣子。奈奈突然萌生這種奇怪的想法。

「算了，還是明天去問白狐他們好了。」

奈奈知道再怎麼糾結下去，也得不到解決的辦法，只是徒增煩惱，於是心一橫，將什麼公文資料都拋諸腦後，下樓吃飯去。

人家不是說吃飯皇帝大嗎！任何煩惱，相信只要吃到美味的食物就會煙消雲散了！

奈奈本來是這麼想，但顯然現實跟幻想有很大的出入。

平日再怎麼美味的菜餚如今吃在嘴裡也都形同嚼蠟，食之無味。向來多話的性格，今日在餐桌上也顯得沉默許多，一臉就是有心事的模樣。

再搭配時不時就唉聲嘆氣，讓人一看就知道案情並不單純！

這些當然全都被父母親給看在眼底，心照不宣地互看一眼之後，決定由母親大人出擊！

正值青春期的少女會煩惱的不外乎就是學業、人際關係，再來就是他們所不樂見的——戀愛問題。

哪裡猜得到他們的寶貝女兒此刻滿腦都是土地神、共同會議之類的平常人想像不到的問題。

正當奈奈第十次嘆氣時，媽媽終於忍不住地問：「奈奈，最近學校怎麼樣？老師有出很多作業嗎？」

「沒有啊，才剛期中考完，老師通常不會出作業。」奈奈咬著筷子，心不在焉地回應。

「那妳跟樂樂合好了嗎？」媽媽不死心地繼續追問。

雖然母親不知道小女孩的事情始末，但對於奈奈跟樂樂之間的友誼出現裂痕這件事還是略之一二。

「早就和好了！」

既然不是學業也不是人際關係的問題，難道——

「奈奈，妳交男朋友了啊？」媽媽危險地瞇起雙眼。

聞言，餐桌上的其他人幾乎都身形一頓，飯也不吃了，開始七嘴八舌地你一句我一句搶著開口。

顯然媽媽煮的菜餚還不如家中長女談戀愛的新鮮事來得吊人胃口。

爸爸首先發難，忍不住眼眶泛紅。「我怎麼不知道！奈奈，記得要帶回家給爸爸過目啊！我要先鑑定一下是不是像爸爸一樣的好男兒！」

小弟則是吃吃笑著。「姐姐談戀愛，羞羞臉！」

小妹雖然刻意裝成熟，但是稚嫩的童音讓她一下子就破了功。「姐姐的男朋友帥嗎？」

七嘴八舌像海浪般不斷朝奈奈拍打，讓她難以招架，不過也多虧如此，總算是讓奈奈的腦袋恢復清晰的思緒，終於不再糾結共同會議了。眼見老爸跟老媽即將要對她使出另一波的提問攻勢，宮奈奈知道這種攻勢往往最後會變成說教模式，趕緊討饒。

「你們想到哪裡去了啊！我沒交男朋友好嗎！」

「那妳怎麼——」

「我沒事啦！真的！」

不等老媽把話說完，奈奈將椅子往後推，站了起來。

胃口盡失的奈奈，現在只想回到房間裹在被子裡，將外界的一切紛紛擾擾屏除在外，什麼事都不管，也不去想。

當神很累，做人也不簡單啊！

「可是妳的飯還沒吃完呢。」老爸看了一眼約八分滿，幾乎沒動過的飯菜。

「我不餓，先回房間囉！」

話語甫落，也不等父母親回應，奈奈就像逃難似地轉身回房。

直到房門傳出喀啦上鎖的聲響，被留在飯廳的父母才雙雙回過神來，彼此對視一眼，心照不宣地以眼神傳遞自己的想法。

事有蹊蹺！這是身為父母的直覺！

郊區，土地公廟。

「哇，熊貓眼！」黑狐見到宮奈奈踩著虛浮的腳步進來時，發出了一聲驚呼。

「奈奈大人，您昨晚沒睡好嗎？」白狐小心翼翼地探查宮奈奈的臉色，深怕一不注意，面前的女孩就會在瞬間化作塵埃，隨風而去。

宮奈奈的情況只能用無比悽慘來形容。臉上毫無血色不說，雙頰凹陷，還掛著兩個黑眼圈，蓬頭垢面的也不梳理，腳上踩著涼鞋就跑來。

白狐實在很想知道她是怎麼弄成這副狼狽不堪的模樣。

「昨晚失眠了，翻來覆去都睡不著，嗚嗚！」奈奈像洩了氣的皮球，整個人攤平在廟外的石椅上。

「是因為四區土地神共同會議的事嗎？」白狐不塊是白狐，一語道破宮奈奈的心思。

「嗯……」奈奈發出悶悶不樂的聲音回應。

「奈奈大人好可憐唷！」黑狐也跟著跑出來。

「其實奈奈大人用不著擔心。」白狐認真地說道，「共同會議也只是檢討各區的犯罪率而已，更何況您只是一介凡人，相信其他大人不會過於刁難。」

「嗯嗯，沒錯！」黑狐也在一旁猛點頭。

得到他們的保證，奈奈心中的大石終於落下。「那就好，不過真的那麼簡單嗎？」

「是的，而且會議通常十幾分鐘就結束了，您不必擔心過於冗長。」白狐再三保證奈奈的擔憂完全沒有必要。

「其他大人都很忙，所以開會時間咻一下就過去了！」黑狐表示。

十、十幾分鐘?!那麼快？簡直是比開班會還快啊……

開班會還起碼要三十分鐘以上才會結束，沒想到土地神開會也要講求效率。

應該說土地神都講求效率辦事，還只是單純的時間觀感跟凡人不一樣啊？

不是有人說過，天上一天、地下十年嗎？

等等，不會真的到神界去開會吧？那等她回到人間時，她不就快三十歲了！白白的十年青春就這麼耗費掉了啊！怎麼想都不划算！

「對了，你們還沒跟我說明這次開會的時間跟地點呢！如何，決定了嗎？」宮奈奈急迫地詢問兩位使神。

兩位小使神用眼神彼此交流，而後才異口同聲地說道：「時間訂在明晚八點，而地點則是在——這裡！」

地點不是在神界讓奈奈大大地鬆了一口氣，但還沒高興太久，卻又錯愕地瞠大雙目。

「這、這裡？」奈奈不敢置信地重複一遍。

曜日的這座小廟平時容納他們幾個都稍微嫌擠了，一下子要來三位大人物，而那些大人物的排場一定也不馬虎，到時這條鄉間小路想必會「熱鬧」非凡！

「地點是南區土地神選定的。」彷彿看穿了奈奈的心思，白狐額外補充道，「我想大概是因為怕曜日大人又擅自缺席，所以臨時將地點更改為這裡。」

「原來如此。」也太大費周章了吧！

提到曜日大人，這位東區的土地神到底是要給他們添多少麻煩啊！思及此，兩位狐狸使神都不約而同地嘆了口氣。

「嗯，說到曜日，他人呢？」轉頭查看四周，宮奈奈打從一進門就沒見到那位懶散土地神的身影，不會又搞失蹤了吧？

「曜日大人他啊……」難得地，白狐始終冷靜自持的臉竟現出一絲為難的神色，欲言又止，他啊了半天也沒有把話接下去的打算。

「現在到底是什麼情況？」察覺到異樣，宮奈奈覺得此事非同小可，也跟著緊張了起來。

「曜日大人在這裡喔！」最後是黑狐打破僵局，卻說了一句意義不明的話。

狀況更加令人匪夷所思。

在這裡？不會吧，要是真的在這裡，憑他那麼大的一個人，想忽視應該都很困難才對……

宮奈奈瞇起雙眼，將小廟裡裡外外用探照燈般的目光搜尋一遍。不光是如此，還一吋吋地進行地毯式搜索，就連天花板、梁柱間這種不太可能隱藏身影的角落都不放過，但仍舊一無所獲。

「別賣關子了，曜日到底在哪裡？」奈奈很快就高舉雙手宣告放棄。找人她不在行，找神更是難上加難。雖然她有神紋在身，此刻卻與曜日之間一點感應都沒有，神紋也不會像先前那樣擅自發動，只是靜靜地躺在奈奈的手背上。

「在這裡！」這次他們倒是很快便回答了，只見他們伸手指向石桌。

奈奈第一個想到的是曜日被人施法變成了石桌，但隨即拋開了這個愚蠢的念頭。

人哪會這麼輕易地就被變成物體？即使是神也一樣，又不是什麼迪〇尼電影……

即使再怎麼不明就理，奈奈還是專注地盯著石桌粗糙的表面看，彷佛它會突然顯示出影像告知他們曜日現在身在何處。

當然這種期望是不可能會實現的！

沒人說話，四周頓時安靜得可怕。就在此時，他們聽到一個小小的、細微的呼救聲，不仔細聽的話，聲音很容易隨風消散在空氣中。

「嗯，我在這……快……看……」

話語聲斷斷續續，音量雖小，但確實有人在呼救，而且源頭來自於石桌。

奈奈將臉貼近，才終於看到一個小小的身影不斷在原地揮舞著雙手。

「曜日，是你嗎？」奈奈拎起迷你版的曜日細看，確實除了身形縮小之外，那過度懶散又任性至極的神情絕不會屬於其他人。

「很痛耶！快放開我！別把我當玩具！」

「喔，好，抱歉。」

「哼，妳就不會小力點嗎！我現在很脆弱耶！」一恢復自由，曜日不忘抱怨個幾句。

「這到底是怎麼回事？」

「今天黑狐起床一看，曜日大人就變成這樣了，變得比我們還小！」

不知道是不是錯覺，黑狐看起來似乎有點高興？

「那句話是多餘的！多餘的！」曜日身體雖小，確仍不改本性，還是那種不饒人的性格。

「可能是因為神力一下子回復得太快，身體無法適應，導致縮小的情況。」白狐大膽地說出猜測，但因為沒有根據，所以實在沒什麼說服力。

抱持著各種疑問，三人一齊將視線放在曜日身上，同時說出了自己的感想。

「哇，曜日這樣小小的，不覺得超可愛的嗎！」對於小巧可愛的東西，奈奈的少女心又爆發了。

「小不點，簡直比菜苗還要小！」黑狐一臉認真地說出令曜日無法反駁的話。

「即使變小了，該做的事情還是一樣都不能少！」這句話，當然是出自白狐的口中。

「耶？」面對三人的各種反應，曜日一開始反應不過來，但隨即腦羞成怒。「你們都不關心一下我嗎？總算是看清了你們的真面目，無情！」

宮奈奈知道曜日正在氣頭上，多說無益，就放任他一人去生悶氣。趁此空檔，奈奈提出關於明晚共同會議的問題。

「曜日這副模樣，應該不能參與會議了吧？」

別說音量太小很容易被人忽視，恐怕一出現就會有被人踩扁的危機啊！

白狐也一副頭大的樣子，這種狀況他也沒遇過。「那就只能依最初的計畫，由奈奈大人上陣！」

果然，事情還是回到了原點了嗎！

就跟最初決定的一樣，由身為代理人的奈奈硬著頭皮上場。

「不，我改變心意了，我也要跟去！」一道尖細的嗓音冷不防地插入他們的對話，是曜日。

白狐不敢置信地揚眉。「您不是都盡量避免這種場合的嗎？怎麼今天突然說要跟著去，難道變小也跟著轉性了？」

「廢話少說！反正我也要一起去就對了，怎樣？不行嗎？」不理會眾人懷疑的目光，迷你曜日下巴一抬，倨傲地表示自己也要跟著去。

「唔，也不是不行啦……」白狐目光流轉，望向一旁的奈奈，尋求她的意見。

「你難道就不怕被其他人看到你現在這副模樣嗎？」

對於其他兩位土地神，宮奈奈不敢多加揣測，但要是被言夜逮到機會，肯定會大肆嘲弄一番。說不定到最後，還會搞得人盡皆知，大肆宣傳東區的土地神變成奈米土地神了，然後成為眾神之間的笑話。

雖然不知道曜日跟言夜之間有什麼過節，但對方的確有可能那麼做。

不藉機發揮也太可惜了啦！當然，她是以言夜的角度去推測的。

「我有說過我要在『現場』嗎？」曜日不知道又在盤算些什麼，發出了意義不明的笑聲。

「不在現場？什麼意思？」

「天機不可洩漏！」

在場的其餘三人面面相覷，不明白曜日到底想幹嘛，表情都寫滿困惑，最後一齊將視線射向自鳴得意的迷你版曜日。

很快來到了四區共同會議當晚，時間流逝之快，一度讓宮奈奈想逃避現實一走了之。不過她隨即打消了這個念頭，不讓它繼續成形，繼而有實踐的可能。

對方可是神耶！不論她逃到天涯海角都躲不過神明的眼線不是嗎？更何況雖然她有神紋護身，但也多虧了它，曜日憑藉著感應三兩下就能將她手到擒來，不花費任何精力。

簡直比GPS定位系統還要準確！

像有一次，她只不過刻意避開土地廟，到市區享受難得一次沒有曜日的悠閒午後，才剛踏進咖啡廳就被曜日給逮個正著。那間店是她在網路上搜尋，不只人氣第一，隱密度也第一的小店耶！

要是曜日能把這少少的神力用在更有效益的用途上，她就不會這麼累了，也不會像趕鴨子上架般，此時此刻正襟危坐地坐在石椅上，等待其他三位土地神大駕光臨這間破廟。

等待的時間最煎熬了，奈奈一顆心七上八下，即使有白狐和黑狐一左一右地陪伴在她身側，還是起不了太大的安撫作用。

「等等我應該說什麼呢？要先寒暄一下還是自我介紹？啊！糟糕！是不是應該帶點見面禮？我這樣會顯得沒禮貌嗎？」

宮奈奈現在的思緒很混亂，腦袋瓜充斥著一個接一個冒出來的問題，一刻都靜不下來。

「什麼都不要做，乖乖坐著別動就好！」

一道慵懶的嗓音自奈奈胸前的口袋傳來，奈奈循聲低頭望去，迷你曜日正在那裡頭舒適地翹著二郎腿，完全不緊張。

曜日先前所說的不在「現場」，沒錯！指的就是他要以這種模式全程參與會議。別人既不會發現他在場，他又能將會議內容一字不漏地聽進去，好滿足他偷聽的欲望。

曜日倒好，從頭到尾當個閒人，不，是閒神！有事都她扛，自己閃得遠遠的，世上哪有這種道理！

「真的沒問題嗎？」把苦水全吞下肚，奈奈只是小聲地問了一句。

「安啦！沒什麼好擔心的！即使什麼都不做，他們也不會說什麼。」

曜日以為奈奈問的是見面禮的事情，懶懶地擺手，可惜這手勢奈奈沒看見，因為她的心思全被廟外突如起來的動靜給拉走了。

有人依約前來了，而且提早了整整十分鐘。

會這麼準時現身的人，宮奈奈的心中已經有底了，但還是禁不住好奇地探頭張望。

是言夜！看見自黑暗中浮現的熟悉臉龐，奈奈不禁鬆了口氣。看到雙笙和連笙一如以往地隨侍在側，奈奈也不知道為什麼，心底暖暖的，可能是因為看見熟人的緣故吧。

言夜也望向宮奈奈，並禮貌地點頭微笑，奈奈也微笑以對。

但笑容隨即凝結在臉上，在言夜的身後，還有幾道黑影正蠢蠢欲動著。

顯示還有旁人在。

而且不只一人。

繼言夜之後，第二位土地神也以睥睨眾人之姿現身了。

瞧瞧那婀娜多姿的身影，纖細的柳腰，還有呼之欲出的豐滿雙峰，宮奈奈以目測判斷，起碼有F罩杯，是個超性感大姐！就連不是男人的奈奈也感到臉紅心跳，可見此人散發這多麼強烈的荷爾蒙啊！

女人的身旁跟著一男一女同樣做古裝打扮的小童，雖不似主人那般耀眼奪目，倒也低眉順目，一眼就給人一種好印象。

女人露出一雙修長美腿交錯相疊，在言夜之後落坐，一雙好看的鳳眼掩藏不住對奈奈的好奇光芒，赤裸裸地上下打量著，毫不遮掩。

「我聽言夜說了，妳就是東區土地神的代理人囉，小姑娘？」

沒料到對方突然與自己搭話，宮奈奈嚇得手足無措，只能連連點頭。

見到宮奈奈傻氣的反應，女人挑眉，似乎覺得很逗趣。

「我是北區的土地神——鳳玖，請多多指教囉！」

語末，還奉送幾記友好的秋波。這是身為女人才懂的默契。

對方似乎挺好相處的！宮奈奈才這麼想著，便大膽地提出了一個疑問。

「我都不知道，原來女性也可以當上土地神？」

在問題就這樣脫口而出時，鳳玖的臉上的笑意徹底消失，空氣中似乎有什麼正悄悄醞釀，奈奈卻渾然不覺。

言夜搖搖了頭，這是哪壺不開提哪壺啊。

「女性又如何！你們凡人不是最愛搞什麼男女平等的嗎！」

「咦？」對於鳳玖前後的態度竟然一百八十度大轉變，宮奈奈感到大惑不解。她說錯了什麼嗎？

「原本我還指望身為女性的妳可以理解，但沒想到妳跟那些臭男人都一個樣！對，我是女性，又怎樣！」

「我不——」她是不是搞砸了什麼啊？

「難道女性就不能當土地神嗎！光憑性別不能當作評價一個人的標準！」說到激動處，鳳玖的雙手狠狠落下，石桌硬是被震得偏離了原本的位置。

「對不起，我不是那個意思啊！」雖然奈奈至今還搞不清楚狀況，但從那雙美眸內隱藏的怒火看來，她剛才無心的話明顯踩中了對方的痛處，只得連忙道歉。

「好啦好啦，大家都是同事啊！無心之過也沒必要大動肝火吧！」言夜趕緊跳出來陪笑打圓場。

也真難為他了，身為西區土地神，夾在兩個女人之間，還要充當和事佬。

宮奈奈感激涕零地望向言夜，幸好這時有可靠的熟人在，不然她肯定無法獨自面對！

「哼！」鳳玖冷哼一聲，執拗地將頭撇過一邊，顯然餘怒無消。

原本愉快的氣氛冷卻不少，看起來言夜似乎也不打算向宮奈奈解釋為何鳳玖會如此介意自己的性別。奈奈猜想，肯定是因為女性的身分在工作上得到了不平等的待遇，才會讓鳳玖如此憤慨。

更何況想回來她也沒說錯，並沒有明文禁止女性不能當上土地神啊！

八點了，還有一位土地神沒到。宮奈奈瞪著那餘下的空位許久，心裡只想讓這場會議趕緊結束。還來不及細想下去，就聽聞腳步聲響起，伴隨著老者宏亮的笑聲，在小廟周圍久久縈繞不去。

第四位土地神風塵僕僕地趕來了，是個看似八旬的老人，腳步輕盈，絲毫沒有老態龍鍾的感覺。是個很健康的老人，這是奈奈的第一印象。

不同於他人，老人身旁竟然連一位使神都沒有，孤身前來的身影，看起來沒什麼排場。

南區土地神一甩袖袍，在唯一的空位上落坐。是不是土地神都喜歡穿古裝啊？宮奈奈忍不住猜想。

言夜恭敬地朝老人拱手。「別來無恙啊！青雀大人！」

就連鳳玖見到老人現身，也收起浮躁的心性，崇敬地喊了聲：「青雀大人！」

由此可見，南區土地神在四區中的地位備受尊崇，躲在奈奈上衣口袋的曜日沒吭聲，讓人猜不透他此刻的心思。

話說從剛才到現在，他都沒說一句話，該不會又睡著了吧？

青雀連連擺手。「無須多禮！」

青雀渾身散發出非凡的氣質，滿頭白髮和一束長鬚，臉上密密麻麻、縱橫交錯的皺紋多到可夾死一堆蚊子，眼神卻沒顯露出任何老態。相反的，是精明幹練如鷹的雙眼，而此刻正轉向宮奈奈。

「東區的土地神呢？」

「這個……我……」奈奈支吾其詞，眼神閃爍，想編造一個好藉口，卻又不知道該從何下手。

難道不只一次了？

「曜日大人臨時有事得出門一趟！」還是白狐有經驗，能臉不紅氣不喘地扯謊。

「哼！有事？」青雀的老臉寫滿鄙視，「他能有什麼事，我看是又溜了？」

其實說溜了並不怎麼正確，曜日雖然現在不方便露面，但他確實有在現場，不過這點，青雀自然無從得知。

「聽說，曜日的神力衰退得很快，如今已不復以往的樣貌，此事是真的嗎？」

這回換鳳玖開口問道。

言夜只是在一旁笑而不答。

言夜這傢伙明明什麼都知道，卻在這時沉默以對，讓宮奈奈一個人面對來自兩位土地神的詰問。

剛鳳玖口中的聽說，奈奈沒有漏聽。聽說……到底是聽誰說的？肯定是言夜！不是他還會有誰？

「小姑娘，妳又是怎麼會成為那傢伙的代理人？」青雀傾過上半身，探究似的眼神盯著奈奈，讓她打從心底感到畏懼。

「不，先回答我的問題！曜日到底神力衰退到何種程度？」

鳳玖將身子推擠過來，希望奈奈能給她一個答案。

「我的問題才重要！快說！」

「先回答我的！」

右邊是青雀左邊是鳳玖，在來自兩位土地神脅迫下，宮奈奈感到前所未有的巨大壓力，下意識地將手探向胸前的口袋，卻赫然發現裡面空蕩蕩，曜日不見了。

她著急地四下尋找，小心翼翼的樣子，像是在找尋著什麼易碎物品。

其他土地神面對奈奈突如其來的舉動，都只是彼此相視一眼，沒說什麼。

「曜日別躲了！快出來啊！」

宮奈奈一邊低聲呼喚，一邊趴伏在地上，一吋吋地探查，深怕遺漏掉什麼角落。不過沒聽到曜日的回應，鞋底倒是傳來了踩到什麼東西般的觸感。

啪滋一聲。

「啪滋？」

她當下就覺得事情不太妙。

果真如她所料，在心底敲響的警鐘應驗了事情的發展。從奈奈鞋底下拉出的一團不名物體似乎正是失蹤的曜日。

她剛剛到底幹了什麼好事啊！她把曜日當小強給一腳踩扁了嗎！

曜日死了嗎？神仙會那麼輕易地被人失足踩死嗎？

「哎呀。」要不是青雀的聲音從一旁涼涼地傳來，奈奈還真忘記了他們的存在。

「那團黏呼呼的東西就是曜日嗎？」

「不是，我……」

「恭喜妳唷，可以直接取代曜日成為真正的土地神了！」鳳玖與災樂禍地在一旁看好戲。

「我才不要！」

「曜日的屍首可以給我帶回去當標本嗎！應該挺有收藏價值的。」言夜也偏偏挑在這時補了一槍，令宮奈奈打從心底寒毛直豎。

不！不對！事情不可能會這樣！

「這、這不是真的！不可能！」顫抖地捧著曜日屍身的奈奈，激動到難以自持。她才不願接受曜日這麼輕易就離她而去的事實。

沒錯！這一定又是曜日耍的小把戲，只為了惡整她，看她有什麼反應！但不知為何，宮奈奈還是不爭氣地落下晶瑩的淚珠。

「什麼是真的，什麼又是假的呢？」

奈奈抬首，看到的卻是三張面無表情的臉孔，彷彿在無聲控訴著她犯下的罪行，又像是在嘲弄她的愚蠢。奈奈閉緊雙眼，什麼都不願意去想，只希望這一切都是夢境，一切都是自己憑空想像出來的，只要醒過來就會雨過天晴。

對，這是夢。

宮奈奈大口喘著氣掀開眼簾，額上布滿一層薄汗。

熟悉的環境令她一時反應不過來，她在自己的房間內。

哪裡還有什麼土地廟，當然也沒有三位土地神，更沒有屬於曜日的破碎殘骸，這一切全都是奈奈荒謬至極的夢境，都是虛構的。

在鬆一口氣的同時，奈奈戰戰兢兢地從書桌上拿起手機，查看螢幕上的行事曆，離四區共同會議還有整整兩天。

兩天啊！

而這一切只不過是荒誕無稽的夢？

真正的四區共同會議根本還沒到來！那不就表示同樣的慘況宮奈奈有可能會再經歷一次？她這個代理人到底還要多災多難到什麼時候啊！

——《土地神的指導守則01》完

番外　相識

時光飛快地倒轉，在五十年前，世人還沒被太多科技產品蒙蔽心智、沉迷其中。那時的居民十分純樸，東方的天空才剛露出一抹魚肚白，就早早出門工作，傍晚準時回到溫暖的家，晚上八九點就在房間內熄燈就寢，規律的作息和虔誠的信仰成為人們生活的重心。

「一個、兩個、三個……」

在某鄉間小路上的一座土地廟中，有一男子橫躺在梁柱之間，閒來無事的他竟開始無聊地數起前來上香的信眾。

那時的小廟還沒如今這麼破敗，進出廟裡的信眾絡繹不絕，即使是在非假日，也偶有人前來拈香，每逢初一十五更擠滿了人潮，香火持續不斷，功德箱也一直維持著半滿的狀態。

儘管這座小廟並沒有管理人，也沒有所謂的廟公或類似的存在。但奇怪的是，儘管地處偏僻也不會有宵小打香油錢的主意，這更加深了信眾相信一定有神靈在守護這座廟的印象。

很快的，信眾從原本的個位數，一下子攀升到了十位數，之後也是以十位數為一個單位。男人很快就放棄不數了，無聊地看著下方的信眾來來去去，希望有什麼有趣的事情發生，讓他可以轉移注意力，打發時間。

無論男人做怎樣的怪表情，都不會有人發覺。

真無趣。

民眾都對此人視若無睹，彷彿他不存在，是個隱形人。

而他的真實身分也確實不是人，更正確地來說，他是這座小廟的主人，似乎沒有人比他更適合待在這裡。

他就是這裡的土地神。

這時，一個金髮男孩從廟裡跑了出來，在左右張望一陣，像在尋找什麼東西般，視線毫無阻礙地鎖定在梁柱間的男子身上。

「曜日大人，您的公務還沒辦完呢！」

男孩的語氣十分嚴厲，雖用字遣詞都透露出一股恭敬之意，但感覺他才是上司，而面前的男人則是混水摸魚被抓包的下屬。

「白狐，這你就不懂了。」曜日俐落地翻身，輕飄飄地降落，然後穩穩踏在堅實的地面上。「凡人不是有句話是這麼說的嗎，休息是為了走更長遠的路。」

「我相信您已經休息得夠久了！」白狐冷冷地駁斥。

「喘口氣是必要的。你也真是的，不要老是開口閉口就是公事好不好，我是這麼教你的嗎？放輕鬆點嘛！」曜日依舊用著滿不在乎的口氣說道。

「喔？您確定？」

「嗯哼！」

「您就任這個職位才幾年的光陰，我不希望您又被玉皇大帝批為怠忽職守，像上次——」

「好啦好啦！我知道了啦！」不理會白狐苦口婆心的勸導，曜日隨口敷衍過去，而後像是為了要引開白狐的注意力，伸手指向某個方向說道：「耶？那不是黑狐嗎！」

此話立即奏效，白狐果然順著曜日所指的方向看過去。「黑狐！你在幹嘛啊？」白狐驚呼一聲。

與白狐相似度高達九成的黑髮男孩，正明目張膽地吃著供桌上供奉的食物，而信眾們渾然不知。

「喲，白狐！」黑狐吃得很開心，注意到白狐投射過來的視線，非但沒有閃躲，還不忘揮手打招呼。

「喲什麼喲啊……」白狐感到無語，這傢伙還是老樣子，一點規矩都沒有，得有人好好教導他什麼是禮儀！

在舉步前去找黑狐之前，白狐突然想起重要的事，他回過頭說：「對了，過幾天就是王母娘娘的壽宴，眾神都會前往祝賀，您千萬不要忘記了喔！千萬！」扔下這句叮嚀之後，白狐就噔噔地跑走了。

「耶?!」得知這項令人振奮的消息，曜日頓時渾身都來勁了。

這樣他不就有藉口可以光明正大地罷工一天了嗎！而且宴會上想必有來自各方

的佳餚美食，不過，既然是壽宴……

那麼，不帶點伴手禮過去實在說不過去啊，再怎麼樣也不能白吃白喝吧！

「這樣如何呢？」曜日張開雙臂，在原地轉了一圈，展示自己身上許久未穿的仙袍。有了仙袍加持，就連曜日這種平時遊戲人間的小神，此時看起來也頗有仙風道骨的姿態。

「果然是人要衣裝、小神也要仙裝啊……」白狐趁著曜日還在低頭檢視自己的裝扮是否完美無缺時，小聲地嘟囔。

嗯，非常完美！

「曜日大人好帥氣啊！是仙界第一美男！」無視白狐的白眼，黑狐照舊扮演著拍馬屁的角色，三兩下就捧得曜日心花怒放，都快飛上天了。

「哈，我也這麼覺得！」曜日自戀地擺了幾個自認為可迷倒眾生的 pose，但隨即眉頭一皺。「是不是有點緊了啊！奇怪，幾年前穿過一次，那時還沒那麼緊的才對，難不成縮水了？」

他寧願認為縮水，也死活不願承認是自己變胖了！

仙袍是百位眾神上天庭的必備裝束，由專人依照眾身的身高體重量身打造，每一件都獨一無二，沒有撞袍的可能。

仙袍的材質輕盈，是用上古蠶絲織成，輕如薄紗，厚如棉襖，為了適應天上千變萬化的氣候，仙袍還可自動調節體溫，應付各種問題。

最特別的一點是，身著仙袍可身輕如燕，一躍能躍好幾十公里，根本不需費什麼體力。

簡言之，這樣萬能的仙袍，是絕對不會出現瑕疵的，例如：縮水。

既然不是衣裳，那問題就肯定是出在穿衣人的身上囉。

「對了，」白狐好心沒點破曜日變胖的事實，轉而關心其他事情。「王母娘娘的禮物，您準備得如何了？」

「哼哼！老早就準備好啦！」出人意料，這次曜日回答得很快，而且再搭配一副胸有成足的表情，看來是真的準備好了！但白狐才不信。

「在哪裡？我怎麼沒看到？」曜日兩手空空如也，實在不像是有禮物的樣子。

「祕密！」曜日神祕一笑，不再多言。

「您真的有準備禮物嗎……」

白狐的憂心不是空穴來風，這幾日，曜日照常吃得好，睡得也飽，完全不像是為了要送什麼禮物給王母娘娘而勞心費神的樣子。

「當然有！你就等著看吧！我絕對會給王母娘娘一個超大的驚喜！」曜日不知道哪來的自信。

「希望到時候不會是超大的驚嚇才好。」白狐完全不抱任何期待。

後來事實證明他是對的。

「呸呸！」曜日一副被人冒犯的樣子，有些惱怒。「你到時就等著看吧！我一定會成為王母娘娘最欣賞的人！不過那也要等我回來之後再說。」

「什麼意思？」白狐和黑狐彼此相視一眼，都沒聽出弦外之音。

「這次的壽宴我打算一個人去，你們就乖乖留在這裡看家吧！」

曜日像個急於脫離父母掌控的孩子，如此大聲宣告。

兩狐又極有默契地對視一眼，然後有志一同的齊聲道：「不行！」

似乎是沒預料到那麼快就就遭到反對，曜日一臉錯愕。

「為什麼不行！總得要有個理由吧！」

裡由很簡單。

「天曉得您又會幹出什麼樣的蠢事，總得有人替您收拾爛攤子吧！」白狐說話的語氣，好像他預測到了即將發生什麼慘不忍睹的事情。

「沒錯！白狐說得極有道理！」黑狐在接收到來自白狐的視線之後，趕緊出聲附和。雖然在他心中，美食永遠擺第一順位。

「欸欸，我根本什麼事都沒做好嗎？我保證這次絕不會再出什麼亂子！」曜日耐著性子再三保證自己絕對會照規矩來。

「您確定嗎？」

「我保證！」

「真的……不會出亂子？」白狐有點讓步了，但仍舊不放心地看了一眼曜日。

「當然、當然！」這可是難得的大好機會，曜日趕緊再三保證。

「那……好吧。」白狐嘆了一口氣，最終點頭答應了。

按捺住歡呼的衝動，曜日一臉鄭重其事地表示：「你的決定不會錯的！我會盡量早點回來，那我走囉！」

白狐看著曜日瀟灑離去的背影許久，直到對方消失在視線範圍內，這才收回盯了太久而有點發酸的目光，轉向一旁的黑狐問道：

「我是不是做錯了啊？」

黑狐聳了聳肩。白狐不知道的事情，他當然也不會知道。

問了也是白搭。白狐索性和黑狐回到小廟內，開始打理即使曜日在家也都是他們負責的公務，好好擔任他們今天「看家」的職責。

曜日已有好些年沒到過仙界了，這裡的一草一木都跟他印象中的相去不遠。只見他熟門熟路地前往王母娘娘的壽宴會場，一路上與同樣走向會場的男仙女仙寒暄幾句。

對方也禮貌地點頭回禮。

他一到場，立即就被眼前的景象震懾住，豪華氣派絕不足以形容他心中的震撼。已有好幾位仙人正在等候安排入席，壽宴舉辦得非常盛大，在席間也可看到平日不易見到的大人物，大家今天來此共襄盛舉全都是為了一個目的——向天庭第一美人王母娘娘祝壽。

等了差不多十五分鐘之後，曜日才被帶往角落的一張桌子，與其他陌生的小神同坐。

曜日為此感到十分不滿，坐在角落別說是親自送禮，哪怕是連王母娘娘的容顏都見不著！

「我說，有沒有搞錯啊！這麼角落的位置都看不到前面了，我要求換位！」

曜日向引導賓客入席的仙女表達自己的強烈不滿。

「……不好意思，位置基本上都是固定的，無法更換喔！」仙女一臉為難地說道。

「妳說什麼！位置都是誰安排的？」

「位置坐就坐了吧！別再造成其他人的麻煩了，曜日。」實在是看不下去，席間突然有人開口說話了。

見有其他神仙替自己幫腔，仙女先是感激地朝那人睇了一眼，隨後連連點頭致歉後便飛快地逃離現場，彷彿曜日是什麼吃人的怪物。

就某方面而言，曜日簡直比怪物還難搞！

「你又是誰啊？快報上名來！」心不甘情不願地坐下之後，彷彿像是要發洩無處可去的怒火，曜日決定朝那人開刀。

多管閒事也不看看是誰的場子！他會讓對方知道，多管閒事也絕對不要管到他曜日的閒事，因為他定會讓對方吃不完兜著走！

「呵，你不認識我，我可認識你。」那人掩嘴輕笑，完全不受曜日的壞心情影響，一副文人雅士的做派，剛好是曜日最討厭的類型，自以為風雅。「閣下是東區的土地神曜日吧！」

看吧！連用字遣詞都如此文謅謅！

「你聽過我？」曜日強壓下逐漸漫起的不悅感。

這下可有趣了，曜日被指派這個職位到上任期間，也才是近幾年發生的事情，天庭一天到晚都有人事更動，很少會有人注意他這個新上任的小小土地神。

就是因為這個不起眼的職位鮮少引起眾仙的興趣，他當初才會欣然接受這個職位。

「對於新上任的同事，不事先調查一下背景怎麼行呢。」那人一派輕鬆地說道，就是不直接說破自己的身分。

這讓曜日的不爽值一下衝到了頂點。

「別拐彎抹角的！你到底是誰？」曜日才懶得跟他哈拉。

「你還真沒耐性，我是西區的土地神言夜。」決定不再戲弄對方，那人很快地便報出自己的職位。

西區的？言夜？曜日沒聽過這個名字，不過這也不能怪他。先不管管轄區域的大小，這世上的土地神就有上千位，誰會認真地去記每位土地神的長相和名字。即使曜日記憶力過人，他也不會浪費時間在這上頭。

雖然言夜認識自己，曜日卻對他一無所知。

「西區的，那南區和北區的也來了？」

即使他再怎麼懶散，也還知道除了他管轄的東區之外，另外還有西南北三區。

「南區和北區的土地神並沒有在這次的受邀名單內。」

言夜的一番話讓曜日環繞整張桌，猜想哪位是南區和北區的土地神的視線回到了對方的身上。

「那你又怎麼會受邀？」

「這句話是我要問你的吧，曜日。」言夜這張臉始終雲淡風輕，讓人猜不透心思。

「那當然因為我是——」差點把與王母娘娘的關係脫口而出，所幸曜日及時打住。他慶幸自己沒有誤口，不然鬧出的風波可就大了！

到時，他可真的要悽悽慘慘戚戚了……

「嗯？是什麼？」言夜一臉困惑地盯著支吾其詞的曜日，是了半天也說不出一句完整的話。

嗯，非常可疑！

「無可奉告啦！」似乎是想到自己與對方並不熟，沒必要什麼事都全盤托出，曜日最後冷冷地用四個字打回言夜好奇的目光。

言夜沒接話，只是微微聳肩，似乎並不是真的想知道答案。

「那你呢？」曜日將話鋒一轉，趁機問道。「憑你一介小小的土地神，為何也會出現在王母娘娘壽宴上的賓客名單內呢？」

「跟你一樣，無可奉告！」

見言夜用自己剛才的話來打他的臉，曜日的臉色頓時變得很難看。

「西區的，我想我跟你還是處不來，你離我遠一點！」

「我的名字不叫西區的，是言夜。」言夜好脾氣地糾正對方的誤稱，「另外，我可是覺得我們應該能相處融洽呢，曜日。」

「你是哪隻眼睛看到我們能處得來啊？」曜日並不賞臉，「還有，別這麼親暱地叫我的名字！我們很熟嗎？」

「安靜，宴會開始了。」

沒想到言夜早已把注意力轉移到遠方另一端的舞臺上，壓根就沒在聽曜日說話。已經吃了第二次悶虧的曜日，即使氣得火冒三丈也沒多說什麼，只是將多餘的精力全發洩在吃東西這件事情上。

雖然神仙不太需要以進食填飽肚子，但有時還是會犒賞自己，嚐遍各方美食。

更何況天庭上的美食都是人間嚐不到的美味，而在王母娘娘壽宴上的更是難得一見的珍饈，是所有美味佳餚中的翹楚，這麼難得的機會怎能輕易放過呢。

幾乎是仙女將菜一端上，曜日就埋頭猛吃。

哪還管得了舞臺上的表演節目流程到哪了。

每一個節目告終，就有來自各方的神仙獻上禮物，不是珍奇古玩就是神奇法寶。很快地所有人都輪過了一遍，只剩下他們這桌還沒獻上各自的賀禮。

曜日他們這桌的小神都走上前，不免俗地先向天庭第一美人王母娘娘說些祝賀詞，雖然老套又沒什麼心意，但她老人家還是聽得很高興。

接著就進入了重頭戲，獻禮。

某位小神獻上了汲取日月精華，足足有兩個手掌大的千年靈芝，顧名思義美千年才出產一次，據說吃了可延年益壽。

不過，天庭上的神仙哪個不是活了上千歲，說實話這禮物實在是沒多大用處。曜日不以為然地想。

第二位小神則送上了自釀的老酒，裡面加入了各種活絡氣血的藥材，以及獨門祕方，存放千年精心釀成的千年老酒。

哼，哪個不是號稱百年千年的，實際上真有千年之久嗎？搞不好是隨便拿劣等之材來魚目混珠！

據某神說此酒香醇可口，喝上一口可醉上數十年依舊茫茫欲仙，可幫助你忘卻世俗的一切煩惱。

這件禮物就更不實用了，第一大家都知道王母娘娘不怎麼喝酒，即使偶爾小酌幾口，也都是偏好女性喜愛的水果酒，像這種烈酒到時王母娘娘定會轉送給喜好此酒的男仙；第二說是此酒能讓人一醉數十年，那誰還敢嘗試？要知道，眾仙可都是有公職在身，哪怕只耽誤一件，就會觸犯天條，輕則除去仙籍，重則會貶下凡間受那輪迴之苦。

曜日冷笑一聲，一臉勝券在握的樣子。

接下來輪到言夜，他帶來了一件飾品，由純金打造，華麗又不失雍容的氣度，展開後可盤住頭髮，呈現一隻展翅鳳凰的模樣，收攏時又會變成一支作工精細的髮簪。這種獨特的設計令在場眾仙大開眼界，而壽星王母娘娘更是喜歡得不得了。

哼！只不過是一支破髮簪，有什麼值得拿來送禮的？

接著輪到曜日上場，他完全當自己是壓軸，鄭重其事地清清喉嚨道：「祝王母娘娘福如東海、壽比南山，這就是我為您準備禮物，請看！」

為了營造出戲劇化的氣氛，曜日一個字一個字地慢慢吐出，連帶地也將動作放緩，伸手進袖子裡掏呀掏地摸索了好一陣子，才將「禮物」給取出來。

禮物的外觀有著通體雪白的毛皮，如紅寶石般閃爍的眼睛，細而長的耳朵，嬌嫩的身軀讓人看了人見人愛。

謎題揭曉，是一隻小兔子。

帶眾仙們看清曜日手中那隻還在不安分地掙扎的禮物時，立即引來一陣哄堂大笑。

曜日被笑得莫名其妙，急忙為自己向王母娘娘辯解。

「王母娘娘，這是在凡間蔚為流行的迷你兔，不管您餵養何種食物，牠的體型都不會再變大，維持這種尺寸方可在手掌上觀賞或把玩。」

搶在王母娘娘回答前，有小神用酸溜溜的語氣說道：「這凡間的玩意，哪能配的上尊貴的王母娘娘！」

「沒錯沒錯！我們是仙人，當然需要能匹配我們身分的東西！」立即有人幫腔道。

「這還用得著說嗎？神仙的格調都被你降低了！」

他們你一句、我一句地連合起來數落曜日，懷著惡意的字句一刀一刀地劃過曜日，將他傷得體無完膚。平日見面不一定能說上幾句話，這時倒是默契得很哪。

他們全都在看曜日的笑話。

不過，他才不在意，他之所以會來到這裡，是為了王母娘娘的壽宴，為了讓她老人家高興。

「安靜！」一道清新脫俗如寒冰流過的輕脆嗓音迴盪在大殿上，聲音雖不宏亮，殿裡的每位仙人卻像被施了法般立即住嘴，無人敢再吭聲。

聲音的源頭來自於王母娘娘。

「曜日送的東西我很喜歡，凡間也有值得我們效法學習的地方，即便我們以神仙的姿態自居，也不能妄自尊大！」

王母娘娘的一番訓誡令眾仙羞愧地低下頭，自知方才的言論太過火，全都乖乖地反省去了。

王母娘娘滿意地看著他們認真反省的模樣，而後趁眾仙不注意時，偷偷向曜日眨了眨眼，一回過頭卻又恢復尊貴莊重的形像。

在面對曜日時，王母娘娘竟能在一瞬間變成調皮少女……

言夜的目光不斷在兩人之間來回游移，感覺那兩人的關係似乎不如檯面上那般簡單啊……

的確是挺耐人尋味的。言夜輕輕扯出一抹笑，但由於弧度過小，曜日並沒有察覺到。

曜日同時得忍住笑意，還要強自鎮定地向王母娘娘拱手。「感謝您老人家的厚愛！」

在場眾仙並不知道曜日這個麻煩精實際上是王母娘娘的義子，只知道每每惹出事端，玉皇大帝和王母娘娘都百般縱容。有了這兩位當靠山，曜日更是肆無忌憚，這也惹得一部分的神仙因此感到不滿，為此曜日付出的代價是——樹立了很多敵人。

「那禮物還不快送上來！」王母娘娘好意地提醒。

經娘娘這麼一提醒，曜日才趕緊送出自己的「禮物」，但兩手輕盈的感覺讓他直覺事情不妙，低頭往下一看，果然禮物不見了！是何時掙脫的？他怎麼渾然不覺！

「你的『禮物』在那邊喔！再不找回來的話，小心被踩成兔子醬，雖然那也挺有趣的就是了。」

言夜悠悠的聲音從一旁傳來，意有所指地將頭撇向身後。

曜日順著言夜所指的方向望過去，看到的景象卻是——精力旺盛的小兔子在眾仙腳下蹦跳，也不怕被踐踏，只管橫衝直撞，絲毫沒有減速的打算。

平日裡威風凜凜的仙人們此時卻被一隻不知死活的小兔崽逼得手忙腳亂，形象什麼的在這時蕩然無存，只剩下此起彼落的驚叫聲。

「去去！別過來！」

「天啊！牠撒尿在我的仙袍上了！」

「哎喲！」有人被絆倒，跌了四腳朝天。

「快！快抓住這隻可惡的兔子！」

「雖說是兔子，但好歹也是王母娘娘的禮物！別弄疼牠啊！」

好好的壽宴頓時變得烏煙瘴氣、人仰馬翻，即使王母娘娘再怎麼樣好脾氣、好性情，也不能再容忍曜日這麼胡搞，絕麗的容顏因此蒙上一層冰霜。

王母娘娘是真動怒了！曜日知道要是娘娘動了真格，那可不是開玩笑的！懲罰只會加重，絕不會輕饒！

深知這點的曜日，趕緊動身去逮兔崽子，可他往東牠就偏往西竄；往南呢，又往北逃，這一仙一兔的追逐開始進入了延長賽，直到小兔子又回到了原點、跑到王母娘娘的座前，還不見結束。

繞了大殿整整一圈半，曜日此時的耐性和精力也快被消磨殆盡了。

「需要幫忙嗎？」

言夜好整以暇地詢問，從剛才開始，他就一直在旁邊看熱鬧，既然熱鬧看夠了，他也不介意出手讓這齣鬧劇早點落幕。

不過，有一點他很好奇，為什麼曜日不使用法術來抓兔子呢？

「不必！」曜日絲毫不領情，他才不想到處欠人情，更何況這人還是他的同事，遲早都要再見面。

「我自己來就綽綽有餘了！」完全沒想到可以施法讓自己輕鬆點的曜日，下定決心要親手抓住那隻該死的兔子。

言夜聳了聳肩，退到一旁，以戲謔的表情比了請的手勢。

曜日不裡會他，一邊以哄小孩的語調說：「乖！別動唷！」同時緩緩前進。

毛絨絨的兔子果真待在原地一動也不動，只是偶而抬起頭，以那雙水靈靈的大眼凝視著眾仙，完全沒察覺從後面不斷逼近的危險。

眾仙包含王母娘娘在內，都忍不住替小兔子捏了把冷汗。

「嘿！看你往哪逃！總算抓住你了吧！」

隨著一語落下，曜日奮力一躍，撲上前。

但小兔子也機靈得很，眼明耳動，早在曜日撲上前時，就不知道跳到哪裡去了。

曜日著實撲了個空，氣急敗壞地怒吼：「你躲到哪去了！等我抓到你，一定要把你剁成肉醬！」哪裡還有仙人的樣子。

眾仙聞言，都不禁搖頭嘆氣。這隻兔子在怎麼該死都不輪到曜日你來決定，那本來不是你準備要送給王母娘娘的禮物嗎？

環顧四周，曜日最末在言夜的腳邊找到了正在舔舐自己雪白毛皮的小兔子。

很好，你就乖乖在那邊不動，然後……看我的！

接下來發生的事情似乎只有一瞬間，卻在眾仙的心中烙下了恆久不滅的陰影，特別是曜日和言夜這兩個當事人。

曜日像隻鎖定獵物的獵豹伺機而動，看準時機出手，縱身一躍，但似乎跳躍的弧度太大，距離跟力道也沒抓好，一個不小心就撲倒了在兔子附近的言夜。

言夜猝不及防地被撲倒，腦中頓時一片空白，等他自驚駭中回過神時，愕然地發現他跟曜日正呈現著一上一下曖昧至極的姿勢，不只如此，雙唇還緊緊貼在一起！

轟——

理智線斷裂，言夜再也無法維持在人前人後一貫輕鬆自如的姿態，想也不想的就賞曜日一個五爪印。

同時間，曜日似乎也意識到他幹了什麼好事，趕緊從對方身上爬起，卻也不是忙著道歉，而是先質問對方。

「你幹嘛動手打人啊！」火辣辣的巴掌印提醒著曜日剛才上演的那一幕。

不行！即使剛才是他有錯在先，在氣勢上也絕不能矮人一截！

「你自己做的好事你還敢說啊！」言夜狼狽地從地上起身，細心打理好的儀容全給打壞了。

是因為這樣他的心情才會感到如此的惡劣？不，肯定是那個吻！

「我──」曜日一時語塞。

「而且難道你忘了你仙人的身分了嗎？為什麼不直接施法將兔子抓起來？也不用搞得自己如此狼狽！」

「對耶！我怎麼沒想到！」曜日還真的沒想到這點，不只如此，其餘的仙人也顯然沒想到這點，總算讓他內心稍稍平衡了些。

不是他笨，只是剛好沒想到而已！

「你貴為神仙，卻絲毫沒有仙人的自覺。」言夜話還沒有說完，「你以前惹禍的事蹟我多多少少也聽聞過，真想不到你這傢伙當初是怎麼位列仙班的！」

「喂！你越說越過分了！」老虎不發威當他是病貓啊！他可不會不吭聲地讓人壓著打！

「你說的沒錯，我想，我們註定合不來！」言夜一個字一個字地，緩慢且用力地吐出剩下的句子，彷佛宣告著兩人原本也沒有多良好的關係就到此結束。

到今天為止。

他們的梁子結大了！

「哈，我剛才也想說這句話，既然被你給搶先說出了，正合我意！」曜日也不遑多讓地說道，緊接著在言夜之後背過身，將彼此視為隱形人。

眼不見為淨！

髒東西還是少見為妙！此時，兩人極有默契地在內心憤憤地想著。

在大殿上，因為這突如其來的小插曲，根本沒有人在意兔子的下落。在那之後，有一流言說兔子被嗜兔肉的仙人給烹煮享食；也有人說是兔子從天庭上失足跌落凡間摔死了；不過最近的說法是，兔子至今還時常在某個角落出沒，甚至生了一窩小兔崽子，究竟真相為何也沒人費心調查，就這麼成為了天庭的不解之謎。

可以肯定的是，曜日和言夜從此老死不相往來，即使真要打照面，也不會出現什麼好話。

曜日倒是一副無所謂的模樣，反正他一個人清閒慣了。而這對言夜的意義可就大不相同了，畢竟對方可是奪走了他的初吻！

一生中只有一次的初吻，就這麼被……

而且對象居然是個男的！還是個無賴男！

這讓言夜是越想越火大，每到夜深人靜時，總會如吟誦咒語般，喃喃不斷地重複著他跟曜日相識的經過。

殊不知每一句、每一個段落，都透過顯然隔音效果不佳的窗板傳到了隔壁房的雙笙跟連笙的耳中。

「主人又開始了呢。」雙笙同情地朝言夜所在的方向投去一眼。

「打擊很大。」話不多的連笙如此評論道。

「這個故事我們聽到都會背了呢……」

雙笙和連笙都很淺眠，一點風吹草動就會被驚醒。起初，他們對於言夜總是獨自一人在深夜時自言自語並不放在心上，時間一久，他們才驚覺事情沒那麼簡單！

可見那件事對言夜的傷害並不小！

「只是個意外。」連笙以就事論事的口吻說道。

「如果大人也能這麼想就好了。」雙笙頓了一下，「不過，還真沒想到，他們竟然是為了這個原因而仇視彼此的。」

彼此相視苦笑之後，雙笙和連笙都不約而同地嘆了一口氣。

看來，今夜又不得好眠了呢……

這種狀況什麼時候才會結束呢？

曜日大人總得對我們家大人付起責任啊！

——番外〈相識〉完

後記

哈囉，各位讀者朋友能看到此還沒有把書闔上的根本就是勇者啊！說是這樣說，但對於真的有人掏出錢錢來買我的書仍是抱持著大大的懷疑。咳，總之呢，相信各位對這個筆名一定感到相當的陌生吧，沒錯我是新人，也可以說是作家界的菜鳥，終於可以以作家自稱，現在想來猶如夢境一般，得知過稿的那一刻，只能以不敢置信來形容，心臟撲通撲通跳個不停至今仍沒停過呢……（廢話

我的文寫得可以嗎？有人真的願意買帳嗎？諸如此類的問題即使在書出版之後還是深深困擾著我，每一本書的誕生就像懷胎十月般，都是榨乾了作家每一滴腦汁拼了老命才擠出來的，是血與汗的結晶啊！

後記想當然耳我是第一次寫，可能沒有其他作家寫得有趣吧，但人凡事有第一次嘛 XDDD 我想習慣了之後就能輕鬆上手，如魚得水。

關於這個故事的誕生，是在多年前某出版社舉辦的徵稿比賽時為了投稿所臨時想出來的作品，但結果可想而知，連初審都沒入圍呢，唉唉，那個時候故事還只是雛形，當時的所有人個性全然不同，甚至本來沒有棠華這個角色出現。因為不想放

棄這個故事，只好拿來大修特修，能改的都改了，結果就沒有了一開始的樣貌了，不知道呈現出來的結果大家還滿意嗎？

偷偷說一下，那時的曜日其實叫安鳳夜……沒辦法，我對想名字苦手啊（攤手）本來想乾脆直接以ABC來互稱算了（喂

後記差不多來到尾聲的部分，我想應該列個感謝狀才對XDDD首先當然要感謝我家責編願意給我這個機會，她對我等同於伯樂，當初我的稿子也是經由她的慧眼，才能進一步達成我的夢想。還有感謝我的家人也是必須的（超老套）尤其是我家老媽，她對我來說簡直是我的心靈支柱，沒有她的支持我恐怕很難完成這個故事，也得感謝我妹明明平時上班就很累了還得聽我傾訴煩惱，真是很感激又很抱歉（土下座）希望還能有下個下下個後記可以再度出現在大家面前，不過恐怕很難吧……因為接下來就要爆字數了！第一集可以說是字數最正常的了（不

感謝你／妳們願意看到這邊，如果可以拜託期待一下後續吧，拜託拜託～

雪翼

高寶書版集團
gobooks.com.tw

輕世代 FW251

土地神的指導守則01

作　　者　雪　翼
繪　　者　綠川明
編　　輯　林紓平
校　　對　林雨欣
美術編輯　林鈞儀
排　　版　彭立瑋

發 行 人　朱凱蕾
出　　版　英屬維京群島商高寶國際有限公司臺灣分公司
　　　　　Global Group Holdings, Ltd.
地　　址　臺北市內湖區洲子街88號3樓
網　　址　www.gobooks.com.tw
電　　話　(02) 27992788
電　　郵　readers@gobooks.com.tw（讀者服務部）
　　　　　pr@gobooks.com.tw（公關諮詢部）
傳　　真　出版部　(02) 27990909　行銷部 (02) 27993088
郵政劃撥　19394552
戶　　名　英屬維京群島商高寶國際有限公司臺灣分公司
發　　行　希代多媒體書版股份有限公司/Printed in Taiwan
初版日期　2017年10月

國家圖書館出版品預行編目(CIP)資料

土地神的指導守則 / 雪翼著.-- 初版. -- 臺北市
: 高寶國際, 2017.10-
　冊；　公分. --

ISBN 978-986-361-422-7(第1冊 : 平裝)

857.7　　106009019

三日月書版

三日月書版

GOBOOKS
& SITAK
GROUP©

GOBOOKS
& SITAK
GROUP©